中公文庫

ていだん

小林聰美

中央公論新社

てい-だん【鼎談】三人が向かい合って話をすること。——『広辞苑』より

目次

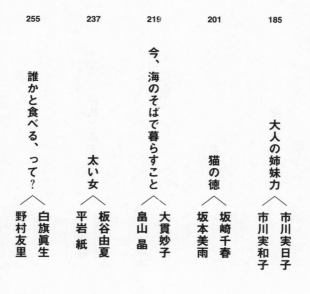

ていだん

10年後、私たちは……

井上陽水
川上未映子

いのうえ・ようすい

一九四八年福岡県生まれ。六九年、アンドレ・カンドレの名でデビュー。七三年のアルバム『氷の世界』が日本初のミリオンセラーとなり、以後も『9・5カラット』『GOLDEN BEST』がミリオンセラーに。近年はコンサートツアー、音楽制作と精力的に活動している（写真中央）

かわかみ・みえこ

大阪府生まれ。二〇〇七年、デビュー小説「わたくし率 イン 歯ー、または世界」が第一三七回芥川賞候補に。〇八年『乳と卵』で第一三八回芥川賞、一三年『愛の夢とか』で第四九回谷崎潤一郎賞。最新刊『夏物語』ほか著書多数。その作品は世界三〇カ国以上で翻訳され読者を広げている（写真左）

相当のタフネスと本当の実力

小林　記念すべき第一回に、こんな素敵なみなさまにお集まりいただき、光栄でございます。井上さんにはずっと以前から仲良くしていただいていますが、川上さんとは初めて。井上さんと川上さんも、初対面ですよね？

川上　はい！　どうぞよろしくお願いします。

井上　こちらこそ〜。

小林　一〇年前というと、川上さんは……。

川上　二八歳でした。

小林　うわー、まぶしいですな。

井上　まぶしいね。

川上　一〇年前というと二〇〇五年だから、私はまだ小説も書いていませんね。初めて書いたのが八年前、三〇歳のときですから。

小林　じゃあここまで激動の一〇年間だったわけですね。

井上　エキサイティングな一〇年。

川上　そうですね。あっと言う間でした。

小林　芥川賞から始まる数々の賞も、一〇年の間にババババッとお取りになったんですか。それに、お子さんも生まれて。

川上　そうですね、三年前に。

小林　すごいなあ！　だとすると振り返るというよりは、まだ渦中にいるという感じでしょうね。

井上　すごいねえ……。これからまだまだたくさんの賞をお取りになるだろうし。僕なんか、芥川賞もそうだけど、卑近な例で言うと東大を出たとか、雲の上の人だからどうさわっていいのかわかりません。（笑）

川上　芥川賞は新人賞ですから、経験がなくてももらえるので（笑）。それに、初めの一〇年ぐらいは運とか勢いとか、そういうものでやっていけると思うんです。でも何十年も続けていらっしゃる方は、ずっと真価を問われ続けるというか……。相当のタフネスと、本当の実力がないと、できないことですよ。

小林　「本当の実力がないと」ですって、先輩。

井上　なんですか。（笑）

川上　それって、どんな感じですか？　小説は個人戦で、良くも悪くもただ自分が書いてゆくしかない世界ですが、音楽や役者というのは、いろいろなものとの兼ね合いのなかにありますでしょう。たとえば、役者は待つ仕事だとよく言われ

井上　ますけど、そういう大変な仕事をどうやって続けていらっしゃるんですか。
小林　どうなの、どうなの？
川上　まず忍耐強い人じゃないと務まらないでしょうね。（笑）
小林　聡美さんは、キャリアとしては何年になられるんですか？
川上　私はもう、一四歳からやっているんですよ。
小林　一四歳から！
井上　はい。でもなんか、いつまでたっても実感があんまり……。
川上　途中で「こんな仕事、やめようかな」とか、お思いになったことも、なくはないでしょう？
井上　なくはないってことは、あるってことですか？
小林　あるってこと。
川上　そうですねえ。まあ、二〇代はね。
小林　それは、どんなときに思われたんですか？
井上　ウーン……。やっぱり、向いてないな、という思いが。（笑）
小林　その、「向いていない」というのをもっと具体的に言うと、なんですか？
井上　うわー。来た、すごい質問。
　　　シャイネス？

小林 そうそう。そういう感じ。こんな仕事は自分にできるわけがないとか、自分がそんなに望まれているわけがないとか。あと、もっと自分に合った仕事がほかにあるんじゃないかとか。

川上 それなのに、毎年毎年、役者になる方が増えていくなかで、ずっと一線でおやりになっている。すごいです。

井上 すごいです！

小林 何を言ってるんですか、先輩！ でもまあ、私ももはやベテランのジャンルに入れられながら、永遠の後輩気質なので、アレなんですけど。

井上 まだ、上を見ている、と。

小林 そうですよ！ だからほら、この鼎談《ていだん》ですよ。苦手分野を克服しようと。(笑)

井上 いいですねえ。「私にもっと刺激を与えたまえ！」という姿勢が読み取れますね。

いろんなことをしのぎしのぎ

小林 一〇年で、仕事とか、肉体の変化ってどうですか？

井上 仕事の作業としては、川上さんと僕は似たところもあるのかな、こもって創作

小林　する部分とか。

井上　それで言うと、私が一番肉体労働なのかも。とにかく、自分の体で現場に行かなきゃ仕事が始まらないから。

川上　川上さんは、仕事の現場に行くというのは、サイン会ぐらいですか?

小林　そんな感じですかね（笑）。ただ、机にずっと座っているのも、けっこう体力がいります。書き始めの頃はまだ三〇歳だったので、徹夜で書いたりできたんですよ。でも子どもを産んでからは、ダメです。もう、目が開かないというか。目が開かない！（笑）

川上　かすんできちゃって。育児もあるから、集中して座れる時間が限られるんです。だんだん日が短くなっていくように、稼働時間も少なくなっていくんだなと、最近わかってきました。だから四〇代は、仕事のやり方を変えなきゃいけないと思っています。

井上　よくわかります。まったく同感で、生活のなかには仕事じゃないプライベートの部分で、いろんな問題が起きるわけですよ。逆に、そういうことが何もない人がよい仕事をするのは、僕に言わせると当たり前というか。

小林　……。

井上　いろんなことをしのぎしのぎしながらやっていくところが、仕事の妙味と言い

小林 ますか。

川上 そういう意味だと私が今、一番立場が弱いというか（笑）。独り身の自由な環境ですから……。

井上 そうすると、井上さんはレコーディング以外のことがけっこう大きいと？

川上 そうですね、もう山ほどありますから。

小林 私の場合、作家をやめようと思ったら自分ひとりでやめることもできますが、**井上**さんほどの立場になると、井上さんを中心にした生態系ができているというか、いろいろな人の人生がかかわっているから。勝手にやめるなんてことはできませんよね。

井上 そうですね。

小林 道徳的にはできません。でも、不道徳になれば。（笑）

井上 井上さんの二〇代はどんな感じだったんですか？

小林 二〇代？　なんでそんな話になるんですか！　と、ちょっと怒ったりして。

井上 （笑）

じゃあ、いつぐらいまでなら思い出していいんですか。（笑）

二〇代は……激動ですよね。さっき川上さんがおっしゃっていたのとちょっと近くて、ドラスティックに自分の環境が変わったというか。

小林　二〇代はみんなそうなんですね。そして三〇代で、一回結婚したりして、違ったステージに行くわけじゃないですか。

井上　違ったステージ？　どうだったんですかねえ。時代のせいもあって、今思うとのどかというか封建的というか、「仕事さえやってりゃいい」という空気が、バブルの頃にはまだありましたね。男性は家庭に目が行っていなくても、それが許容される時代だったような気がして。ですから、っていうか、だすから、っていうか。

小林　……はい？

井上　最近ちょっと、「だから」と「ですから」、どっちを使おうかなーと考えてしまうと、つい、言い間違えてね（笑）。つまりこう、一所懸命に曲を作ることがかっこいいと思えていた時代だったんですよ。今、考えるともっとこう、総合的な……（と、言いかけて噴き出す）。

小林　え？　なんですか⁉

井上　なんで笑っているかというと、どうして私はこんな真面目な話をしているのかってこと！

うたかたに一喜一憂しても仕方がない

小林　一〇年前といえば、私は四〇歳ですけど、四〇歳ってまだ三〇代の延長だったような気がします。体力的にも気力的にも、仕事の内容的にも。で、途中ぐらいから、あれ？　もう人生後半に入ったかな、と思うようになりました。

川上　そんな感じ、ありますか。

小林　ありますよ。今はもう、バリバリ実感しますね。そうすると、時代もそうですけど、求められるテレビドラマの要素とか、こういう映画がヒットするんだとか、自分にはまったくわからないジャンルだったりして……。いいのかな私、まだやってて、みたいな。

川上　世間とのギャップを感じることが増えたということですか？

小林　ええ。先輩の俳優さんたちも、こういうふうに思いながら年を重ねていかれたのかな、と。

井上　いい話だねえ。その点、川上さんなんか、こう言っちゃなんですけど、人生を五〇mプールにたとえたとき、一生が一〇〇mだとすると、まだ折り返しのターンもしていないような感じが。

川上　ターン直前って感じですかね。今年三九歳ですから。

井上　僕だって、二〇代の頃は人生に折り返しがあるとか、一〇〇mでだいたい終わるんだなんてこと、まったく想像していなかったかというとそうではなくて、ちゃんとわかっていたんですよ。でもやっぱりそれは、概念であって、リアリティがなかった。

川上　恐らく、ターンが来たあとに振り返って、「あれがターンだったな」と気づくことになると思うんですけど。感覚という意味ではどうですか？　さっき小林さんがおっしゃったような、世間とのズレというか、今の音楽ってこういう感じなんだ、と思うようなことはあります？

井上　若い頃は当然、今どういう人たちが活躍していて、というか、もっとあけすけに言うと、どういう人たちが売れていて、ということをよくわかっていましたよね。音楽に限らず、役者さんとか、いろんな方面に目を配って。でも、今の自分は、世間のことはほとんどわからない状態なので、一般的には当然、まずいでしょう。今、生きている時代をよくわかっていないということですから。でも……結局みんな、そうなるわけですから。（笑）

小林　ほかの先輩たちも、わからない状態でいるのかもしれませんね。

井上　理屈で言えば、たくさんマスコミに出ているものは情報として入ってくるし、人はそういうものに振り回されるというか、参考にしがちなんです。でも、本当にそうなの？　という、虚構みたいな部分があるでしょう。だから、うたかたのようなものに一喜一憂していても、仕方がない。

小林　そうですね。若いお笑い芸人について、知っていて当たり前という前提で話をされることがあるけど、ちょっとわからない。（笑）

川上　私ですら、わからないことがありますから。

井上　あ、もう始まりました？

川上　ええ（笑）。もう始まって、けっこう長いです。

一〇年後は生きている？

井上　六〇代の僕から見ると、三〇代とか四〇代とかは、ドラマみたいな感じですね、激動の。小林さんは、もう五〇歳になりました？

小林　ええ、なりました。

井上　五〇代くらいからですね。ぼちぼちもう、ドラマってわけにはいかなくなるのは。

小林　そうですよね。自分の味でいくしかないなと、そういう感じになりますね。

井上　六〇代になると、もっとそうなっていきますよ。ですから最初、この鼎談のお話をいただいたときに、テーマが「一〇年後の私たち」ということで……。つまり、一〇年後はどうなっていますか？　という設問になるわけですね。これを考えた方は、当然、「私たちは一〇年後も生きていて、こうなってるかな」というふうに思える方ですよね。

小林　ええ、そうですね。

井上　でも六〇代になると、え？　一〇年後？　生きてる？　とかね、そういう範《はん》疇《ちゅう》になって……。ですから何を言いたいかと申しますとね、このテーマを考えた方は、高齢者に対する配慮が若干……。

小林　プッ、若干、ね！

井上　若干、配慮が足りないと言いますか。

川上　でもでもでも（笑）、まだ絶対に生きて……。

小林　いや、たしかに五〇歳を過ぎると、いつ何が起こるかわからないという覚悟はありますよ。

川上　ああ、そうかもしれませんね。小説家も四〇代後半で無理がたたって亡くなる方がいます。五〇代にも多いですね。

小林　だから私も、普通だったら生きているけど、何が起こるかわからないと思ってます。

井上　小林さんだったらまだ、一〇年後も当然、「生きてるよね、私たち」の範疇に入るよ。

小林　いえいえ、どうなるかわからないですよ。

希望を持たないと意味がない

川上　個人の力を信じると、一〇年後も大丈夫だろうと思えますが、震災とか、日本に何が起きてもおかしくないという感じになりつつある今、別の不安はありますよね。これまでの一〇年とは、また違う一〇年のイメージがあります。

井上　でも、何も起こらずに時間が流れていったとすると、川上さんなんか、きっとアレですよ。寿命は一三〇歳とか一四〇歳とか。小林さんだってね、今から一〇年後というと、医学が驚異的に進んでいますから。

川上　iPS細胞で、臓器もスペアとか！

井上　そう。ちょっとここおかしいなあ、となったら、取り換えましょうか、みたいな感じ。

川上　逆に死ねない時代が来るかもしれませんね。

井上　「少し若返りたいんだけど」「いくつぐらいに？」「そうねー、二五歳くらいかな」みたいなね。

小林　えー！　そんなになっちゃいますか。

井上　一〇年後というと、そんなことが可能な予感がし始めるんじゃないですかね。

川上　何でも起こりうる。

井上　でも、「井上さんは、ちょっと間に合わなくて残念だったなー。あと五年がんばればよかったのに」ということになりそう。

小林　えー、そんなー。（笑）

井上　そのうち肉体は持たず、コンピュータのなかに自分の精神構造を全部インストールしてしまって、何も食べなくても生きられるようになったりして。

川上　私たちが知らなかった一〇年の進み方をするかもしれませんね。

小林　でもそれって、ついていくのは大変ですね。

川上　これからはますます格差が出てくるでしょうね。情報も経済も。対応できる人とできない人。現在でも行政のサービスや手続きを知らないせいで、命を落とされる方がいます。

小林　今ですらついていくのが大変なのに！　でもまあ、臓器の交換情報を得られなくて死んじゃっても、それはそれで仕方ないかなぁ、と。

川上 ですよね。仕方ない。

井上 理論的に考えれば、これから先の未来について、悲観的なことしか考えられないんだけど、最近はちょっとこう、希望を持たないとダメだなと思いますね。

川上 そうですよ！

井上 そういうことにやっと気がついてね。ちょっと遅かったんだけど。

川上 その「希望」というのには、伝えなきゃ、という感じも含まれますか？

井上 「何やっても仕方ないよね〜、しょせん」というのではなくて、肯定的な気持ち、ということですかね。そうでなければ意味がないということが、この頃よくわかってきたんです。その点、聡美さんなんかは、もう若い頃からそんなことわかっているというお顔をなさっていて、私を冷たく見ていたけれど……。

小林 いやいやいやいやいや。井上さんだって根はすごくポジティブで、ハッピーじゃないですか。ちょっとミステリアスな感じの歌が多いですけど。（笑）

川上 ウフフフ。

小林 それに先輩、私のこと、高みを目指すとかっておっしゃいますけど、先輩自身も心のなかでは、そうでしょう？

井上 僕はもう、高みを目指すとか、そんなシッポをつかまれるようなことはしませんよ。

発酵の不思議な魅力とは

飯島奈美
小泉武夫

いいじま・なみ

東京都生まれ。フードスタイリスト。広告を中心に活動。映画『かもめ食堂』など映画やドラマのフードスタイリングも手がける。著書に『ＬＩＦＥ――なんでもない日、おめでとう！　のごはん。』など（写真右）

こいずみ・たけお

一九四三年福島県生まれ。東京農業大学名誉教授。エッセイやテレビ番組などで発酵の魅力を伝え続け、食文化に関する著書は一四〇冊を超える。近著に『醤油・味噌・酢はすごい』『超能力微生物』ほか多数（写真中央）

発酵食品のよさをお肌が証明

小林　今回のゲスト、飯島奈美さんとは、二〇〇六年の映画『かもめ食堂』でご一緒して以来、一〇年ほどのお付き合いになります。今までドラマや映画の撮影でたくさんの料理を作ってもらってきましたけど、どれも本当においしいんです。そして、もうお一方、小泉武夫先生とは初めてお会いします。先生と奈美ちゃんはお知り合いなんですよね？

小泉　そう。「くさいものを食べる会」という集まりの仲間で、この方はおいしいものをいろいろ作ってくれるの。

飯島　こないだは、酸っぱくなった白菜の漬物で鍋を作りました。白菜の古漬けを鶏の出汁《だし》のなかに入れて豚肉と一緒に煮て、それを腐乳《ふにゅう》とか醤油麹《しょうゆこうじ》とかにつけて食べます。でも、「くさいもの」といっても、発酵食品は臭くないですよね。

小泉　ええ、芳しいです。

小林　今日は発酵の魅力についてたくさんお聞きしたいことがあるんですけど、今の残暑の季節ですと、どんな発酵食品がおすすめですか。

小泉　気温の高い時期においしいな、と思うのは甘酒。冷やしたのがとてもおいしいですね。甘酒は甘いでしょ。あれ、ブドウ糖なんですよ。甘酒の原料は米と米麹で、米のでんぷんが麹菌の糖化酵素で分解されると、ブドウ糖になるんです。

小泉 ほー、なるほど。

小林 また、麹菌というのは蒸した米に増殖して米麹になるときに、すべてのビタミンを作りだすんです。ビタミンB_1、B_2、B_6ね。人間が一日に必要とするビタミン全部が甘酒一杯に入っちゃってる。

小泉 それはすごいですねえ。

小林 ホントですよ。それと必須アミノ酸の塊。米ってのは表面がタンパク質なの。そこに麹菌が入るとタンパク質を分解してアミノ酸になる。つまり現代の医学でいうと、それは点滴なんだよ。

飯島 甘酒は「飲む点滴」と言いますものね。

小泉 だから甘酒は、言わば薬なんです。

小林 どれくらい飲むといいんですか?

小泉 ブドウ糖が多いだけに、カロリーが非常に高い。だからまあ、せいぜい一日に湯飲み茶わん八分目ぐらいでいいでしょう。

小林 何ccぐらいかしら(と指で測りつつ)……一八〇ccぐらい?

飯島 そうですね。炭酸で割って飲んだりしてもおいしいですよ。

小林　炭酸！　豆乳で割るのもおいしそう。

小泉　ええ、お好きにやってください。(笑)

飯島　最近では、料理に使う人も増えています。甘酒は糖分の代わりになるから。

小泉　甘酒に塩を入れれば今流行りの塩麹になります。ここ数年、ブームとか言われていますけど、私は子どものときから一年中食べてました。

小林　ちなみに先生が子どもの頃は、どんなものを食べてましたか？

小泉　私は福島県小野町の出身で、当時食べていたのは主に魚。小名浜のサバとかイワシとか、ヒカリものが中心です。

小林　頭がよくなりそうですね。

小泉　実家の造り酒屋では、大きな樽《たる》で毎年味噌を仕込むのですが、そこに板状の昆布をどんどん差し込んでいくの。すると、昆布が味噌のエキスを吸い、味噌には昆布のエキスが染み込んで……。

飯島　おいしそう～！

小泉　この昆布の味噌漬けだけで、ごはん三杯は食べられますよ。なんでもかんでも味噌のなかに放り込んでおくんです。これも発酵の力ですね。

飯島　先生が幼少時から毎日食べてこられた発酵食品のよさは、先生のお肌が証明してます。お肌、ツルッツルですもの。

発酵と酵素は別物か？

小林　奈美ちゃんは酵素ドリンクも作っているよね。

飯島　そうですね。春には雑草を摘んで、それを砂糖で漬けて……。

小泉　大丈夫ですか、それ？

小林　え。けっこう、何年も前から、何種類も作ってますよねえ。

飯島　季節が秋なら秋の野菜（大根、カボチャ、生姜《しょうが》、サツマイモ、人参など）、果物（柿、アケビ、ブドウなど）、栗の実など、三〇種類くらい入れます。できたエキスはちょっと黒糖みたいな味がして、おいしいんですよ。今、女性の間では酵素がすごく流行っていますけど、発酵と酵素は……別物？

小泉　別物です。発酵というのは生き物の生命現象ですが、酵素というのは生き物ではありません。タンパク質の一種、無生命ですから。まったく違います。

小林　へえ〜。発酵と酵素、「酵」という漢字がおんなじだから、ごっちゃになっていました。

小泉　でも、酵素は生き物じゃないのに物を分解するわけですよ。不思議なもんですよね。

飯島　聡美さんとは、以前、酵素風呂に一緒に行きましたよね。

小林　行きましたねえ。あれは発汗作用がものすごかった。先生は、酵素はどうなんですか？　発酵と比べると、あんまり興味がないですか？

小泉　いや〜。興味ない。(笑)

小林　私、今、玄米と豆乳でヨーグルトを作って毎日食べているんですけど、それは発酵ですよね。

小泉　豆乳ヨーグルト？

小林　玄米に豆乳を入れて、そのまま置いておくと、ヨーグルトになるんです。

飯島　菌は入れないんですか？

小林　入れないです。

小泉　それ、大丈夫ですか？

小林　え。先月から始めて今順調に続いているんですが……。できたヨーグルトのひと匙《さじ》分を種にして、また豆乳を足して翌日食べるんです。

小泉　どうして腐らないんだろう。

小林　腐ってないはずですけど……たぶん。

小泉　発酵と腐敗は、天国と地獄ぐらい違いますからね。空気中には発酵する菌と腐敗する菌がいて、人間のためにいいことをしてくれるのが発酵菌です。でも、どうして豆乳と玄米で、腐敗菌が来ないのか……。玄米はどういう状態ですか?

小林 生です。瓶はちゃんと熱湯消毒したうえで、玄米と豆乳を入れて、常温で置いておくんですよ。

小泉 それはあぶないですよ。食中毒になります。

小林 えー! でももう、ひと月ぐらい続けているんですけど。

飯島 常温でどれくらい置いておくものなんですか?

小林 夜、豆乳を入れて、朝にはできあがるので、それを冷蔵庫に入れて保存します。

小泉 ア! そんなに短いの。じゃあ大丈夫。そんなに短かったら菌は発生しません。体に悪いことをするバクテリアは、Ｏ《オー》１５７だってなんだって、だいたい一八時間ぐらいからバーッと出てくるんです。小林さんのヨーグルトは、その菌が出てくる前に飲んじゃってるんだ。

小林 あ、そういうことなんですか。ちょっと安心。(笑)

小泉 でもそれ、おいしいの?

小林 おいしいですよー! しかも私がそれを教わった人は、誰かから「豆乳に加える材料は何でもできる」って聞いたみたいで、実際に実験したらできたんですよ。オリーブとか、カットフルーツとかで。

飯島　ヨーグルトができるんですか？
小林　そうなんです。あと、はちみつの残りの瓶とか。お茶っ葉でもできたんですよ。
飯島　不思議ですね。
小林　みんなで味見したんです。お茶っ葉の味がするヨーグルトとか、オリーブの味がするヨーグルトとか。
小泉　そのヨーグルトって、酸っぱいんですか？
小林　そんなに酸っぱくないです。
小泉　ですよね。
小林　ええ。
小泉　酸っぱくないと思います。ヨーグルトって、ぶよんぶよんに固まっているでしょう。
小林　はい、そうですね。
小泉　あれは、乳酸菌が発酵してきて乳酸を出すと、酸性になる。その結果、ぶよんぶよんに固まるわけ。ね？　だから、小林さんが飲んでいるのはまだ発酵してません。
小林　ハッ！（と驚きの表情）
小泉　だって、発酵していたら酸味が出てきますから。町で売られているヨーグルト

小林 だって、酸っぱいでしょう？　ということは、もう少し常温で置いておいたらいいんですか？

小泉 そうですよねえ……。

小林 いや、それ以上置いたら腐敗しちゃう！

小泉 じゃあ、どうすりゃいいんですか、酸っぱくするには。

小林 飲まないほうがいいんじゃないかな。(笑)

飯島 自分で作っていると体にいいことをしているみたいで、気持ち的にはすごい満足感があったんですけど……。なんだかガッカリ。

小泉 玄米といえば、発酵させて食べるのが流行ってますよね。

飯島 玄米麹っていうのがあって、これはとてもおいしいです。玄米を蒸して、麹菌を増殖させて食べる。

小林 私は玄米麹と醬油と生の青唐辛子を刻んで漬けて、調味料として使っていますよ。とても便利です。

小泉 先生、ヨーグルトの話をもう少しお聞きしたいんですけど(笑)、よくスーパーなどで「ヨーグルト菌」って売ってますよね。あれを私が作っている豆乳ヨーグルトもどきに加えたら、ヨーグルトになりますか？

もちろん。乳酸発酵するからヨーグルトになります。これで解決。

小林　ちょっとズルした感じだけど（笑）。では、売っているヨーグルトそのものを加えたらどうなりますか？

小泉　それもいいですよ。種菌といって、納豆を作るときも、大豆を煮て、そこに町で買ってきた納豆を一粒二粒入れれば、納豆ができる。

小林　あ、それ海外在住の友人がやっています。

飯島　よくやっている人がいるけど、それなら買ってきた納豆を食べればいいのに、と思いません？

小林　やっぱり、〝自分で作った〟感がいいのよ。

飯島　そうなんですね。私はプロが作るものを信じているので……。（笑）

小泉　私もそうです。プロが作ったものはうまいんですよ。昔の人は勘と経験で一つ一つ積み上げて、安全なものを作ってきた。その過程では、多くの命が犠牲になったでしょうけどね。ちなみに、日本の発酵文化のなかでも一番すごいのは、フグの卵巣の糠漬《ぬかづ》けです。

小林　石川県の名産品ですね。

小泉　世界の人が逆立ちしても真似できない。フグの卵巣にはテトロドトキシンという青酸カリの約一〇〇〇倍の猛毒が含まれています。それを三年以上糠漬けにして、食べてしまうんだから。

飯島　発酵には時間がかかるけど、だからこそ、時間の役割ってすごいなあと思いますね。

アジアは発酵天国、日本はカビ大国！

小林　世界ではどうなんですか、発酵食品って。アジアの国々には、けっこうありそうですね。

小泉　多様性、質ともに、日本が一番です。

小林・飯島　そうですか！

小泉　発酵食品そのものは、地球全域にあります。だけど地域によって、たとえばヨーロッパにはカビによる発酵って、ほとんどないですね。カマンベールチーズとブルーチーズにちょっと、カビがついているぐらいです。なぜカビがいないかというと、地中海性気候で乾燥しているから。乾燥したところには、カビがいません。

飯島　なるほど。

小泉　東南アジアと東アジアは発酵天国なんです。東南アジアはメコン川を中心として、タイ、ミャンマー、カンボジア、ラオス、ベトナム……あの辺ですよ。東アジアは日本、朝鮮半島、台湾、中国。ここにもやはり発酵文化がある。なぜかというと、アジアモンスーン地域ですごく湿度が高いから。

飯島　湿気がカビを呼ぶ……。

小泉　それと亜熱帯だから。そういう地域には、カビとか発酵する微生物がすごく多いんです。たとえばメコン川沿岸では大豆や米が作られていますが、川からは魚もいっぱい獲《と》れます。そうすると魚醬が作られたり、魚の発酵食品が作られたりするわけです。

飯島　たくさんの種類がありますね。

小泉　そして東アジアのほうに来ると、実はカビ文化がすごいんです。

小林・飯島　へえ〜。

小泉　なかでも日本は特別。だって味噌、醬油、日本酒、焼酎、みりん、甘酒、米酢……全部カビがないとできないですよ。麴カビから作るわけだから。二〇一三年、和食がユネスコの無形文化遺産になったでしょ。その和食は、発酵食品がないと成り立たない。我々の生活は発酵がないと成立しないんです。麴菌は、日本の〝国菌〟に指定されてるんですよ。覚えてくださいね。国の菌です。

飯島　じゃあ、国外に持ち出してはいけない。

小泉　もちろんです。それぐらい日本というのは、独自のカビ文化が栄えています。

何しろ平安時代からカビを売る「種麴屋《たねこうじや》」という商売があったわけだから。物を燃やした後の灰で雑菌を殺して、そこで麴カビだけを生かしてそれを売る。

飯島 酒屋さんとか、お酒を作るところが買いに来るんですよね。

小林 こうして改めてお聞きすると、カビ文化は非常に奥が深いですね。

本日一番、衝撃だったのは

飯島 ところで、皆さんが一番好きな発酵食品は何ですか？　私は、納豆。毎晩、〝夜納豆〟しています。フードスタイリストという仕事柄、作った料理の試食などで日中はダラダラ食べることが多いので、夜ごはんは、豆腐に納豆をかけたり、野菜に納豆をかけたりすることが多いです。

小林 夜に納豆を食べると体にいいって聞きますよね。

小泉 医学的にも証明されていますよ。納豆にはナットウキナーゼという物質が入っていて、それが血栓という血の塊を、安静状態のときによく溶かしてくれるというデータが出ています。だから夜食べるのは理に適《かな》っている。

飯島 キャベツの千切りとかに納豆をかけて、そこにほぐしたササミを入れるんです。ドレッシングやポン酢をかけても、すごくおいしい。

小林　私も納豆が一番ですかね。作っている「ヨーグルトのようなもの」が、発酵していないと判明した今となっては。

小泉　それにしても、納豆が好きな人、多いですよね。

飯島　嫌いっていう人がいたら、むりやりでも食べさせたくなります。もう、おいしいとかおいしくないとかいうのを超えてますよ、納豆は！

小泉　醬油との相性も抜群ですしね。でも、私が一番好きな発酵食品は、くさやと鮒《ふな》ずし。これはもう、手に入ったら枕の下に敷いて寝てもいいぐらい。

小林　へえ〜……。

小泉　どうですか？

小林　え？

小泉　鮒ずし。

小林　んー……。食べられますけど、おいしいなあーって思うほどには。

小泉　そうですか……。わからない、鮒ずしの味が……。そうですか……。

小林　いかにも日本独特って感じの食べ物ですよね。

小泉　もちろんそうです。外国で魚を発酵させるなんて、あんまりないですから。

小林　そういえば、スウェーデンには、ニシンの缶詰がありますよね。あの、ものすごく臭いという……。

小泉　はい。「シュールストレミング」ですね！
小林　缶のなかで発酵させるんですか。
小泉　そうです。殺菌せずに閉じ込めるので、缶のなかで発酵し続けるんです。しかも大きいんですよ。日本の缶詰の三倍ぐらいの大きさがある。
飯島　食べてみたいですよね～。
小林　うん、一度は食べてみたい！　でも、どれくらい臭いんでしょう。
小泉　「アラバスター」という匂いを測る機械があって、以前さまざまな発酵食品をそれで測ったんです。納豆が四七〇、焼く前のくさやが七八〇、焼いたくさやは二〇〇〇ぐらい。
飯島　へえ～。焼くとそんなに匂いが増すんですか。
小泉　あと、僕の靴下が一八〇。
小林・飯島　……。
小泉　結構、臭かったですね（笑）。それで、シュールストレミングを測るとね、数字の「８」が横に寝ちゃうんです。
小林　無限大！
小泉　そう、測定不能。強烈ですよ。
飯島　くさやなんて甘いですね。

小林　今回は発酵の魅力や奥深さを存分に教えていただきましたけれど、私が作っている「ヨーグルト」が実は発酵していなかったという事実が、本日一番の衝撃でした。明日から、どうしたらいいんでしょ。(笑)

映画『かもめ食堂』から10年

片桐はいり
もたいまさこ

かたぎり・はいり

一九六三年東京都生まれ。成蹊大学在学中、劇団に参加。九四年に退団後も、劇団「大人計画」の舞台や一人芝居、映画、ドラマなどで幅広く活躍している。著書に『わたしのマトカ』『もぎりよ今夜も有難う』など（写真中央）

もたい・まさこ

一九五二年東京都生まれ。「劇団３〇〇（さんじゅうまる）」結成に参加。八六年に退団後は舞台、映画、テレビドラマなど幅広く活躍。主な映画出演作は「プール」「マザーウォーター」「モヒカン故郷に帰る」ほか（写真右）

寒かった夏のフィンランド

小林　実はこの三人で会うのって、それほど久しぶりという感じはしないですね。私ともたいさんは事務所が同じだし、はいりさんとは、お芝居の楽屋で。

片桐　この間もおふたりで観に来てくださって、ほんと、ありがとうございます！

小林　こちらこそありがとうございます。えっと、だから『かもめ食堂』の撮影から一〇年経つと聞いて、ちょっとびっくり。

片桐　撮影しにフィンランドへ行ったのは、八月の半ばでしたっけ。それからたしか九月の……。

もたい　一五日ぐらいまでだったかな。

小林　夏のヘルシンキ、寒かったですよね～。

もたい　寒かった。

小林　たしか夏でも一四度とか。

片桐　そんなに低かったですか？

小林　低かったですよ。街ゆく人たちはダウンとか暖かい格好をしているのに、私たちは夏の、というか日本の春ぐらいの衣装で。

片桐 日本に帰ってきたら、湿気がすごくて窒息しそうになりました。それぐらいフィンランドは、空気が爽やかだった。

もたい ヘルシンキの人たちも、こんなに寒いのは初めてだって言うぐらい、寒い夏だったみたいですよ。

片桐 映画のなかで、聡美さんがフィンランド語を話すシーンがありましたけど、あれは本当に流暢に聞こえました。

小林 流暢に聞こえるのは私たちがフィンランド語を知らないからです。（笑）

片桐 いやいや、フィンランド人のスタッフのお墨付きだったじゃないですか。なんだあの人は、しゃべれるのか、って。

小林 お世辞ですよー。

片桐 よく覚えているんですけど、『かもめ食堂』のクランクイン直前に、聡美さんが舞台に出演していらして。観に行ったときに楽屋に寄ったら、ホワイトボードにフィンランド語が書いてあったんです。「あ！　舞台やりながらお勉強しているんだ」と驚きました。

小林 本当ですか？　ぜんぜん覚えてない。夢じゃないですか、それ。

片桐 共演者の高橋克実さんが、「今、フィンランド語をみんなで覚えてるんだよ」って言ってらしたから、夢じゃないです！

小林　まったく覚えてない。夢ですよ。

片桐　夢じゃないですよ！　逆にそんな勝手な夢、見るほうが難しくないですか？（笑）

小林　フィンランドに行ってから、必死で勉強したのは覚えてますけど。

もたい　劇中では合気道も披露しましたね。

小林　それもフィンランドに行ってから必死に練習しました。

片桐　聡美さんって、ほんとうになんでも上手。しかも、すぐできるようになる。聡美さん演じるサチエは、フィンランドでひとり、食堂を切り盛りしている女性の役で、調理シーンが多かったんです。たとえばトンカツを切るシーンも、普通は難しいからOKが出るまで何枚も切らなきゃいけないところ、聡美さんはすぐに、サク、サク、サクッ！　って終了。みんな、拍手でしたよ。

小林　あれはただ、早く終わりたかっただけです。（笑）

もたい　私はシナモンロールを作る手さばきに感心したねえ。

片桐　シナモンロールね！　あれもすごかった。あれだって、初めて触ったんでしょう？

小林　そうでした。ぶっつけ本番。

もたい　普段から作っているパン屋さんみたいだったわよ。

片桐　ほら、なんでもすぐにできちゃう。
小林　いや、浅いんですよ。すべてにおいて。（笑）

ヘルシンキが日本人だらけに

片桐　私、あれ以来ヘルシンキには行ってないんです。
小林　えーっ？　ほんとですか？
片桐　普通は仕事で行ったところに、そう何度も行きませんよ。おふたりが何度も行ってらっしゃるだけです。（笑）
小林　私たちだって、そんなには行ってませんよねえ。
もたい　ＣＭで二度、プライベートで一度かな。でもまあ、はいりちゃんだけ行ってないんだね。
小林　きっとびっくりしますよ。街の感じが撮影した頃と全然違うんだから！
片桐　何が違うんですか？　熱海みたいになってるとか？
小林　そう、熱海みたいに。
片桐　冗談のつもりだったんだけど（笑）。どういうことですか。
もたい　今の銀座が中国からの人であふれているように、ヘルシンキは日本からの人

小林　が増えました。

片桐　撮影に使わせていただいたお店も今はオーナーが代わってしまいました。映画が公開されて日本からのお客がものすごく増えて、前のオーナーの方は、「すごくいい経験をさせてもらった」って、映画スタッフに感謝していたそうですけど……。

小林　そうなんですか……。

もたい　私たちも、日本にいるときより、現地にいるときのほうがよく声をかけられるんです。ちょっと戸惑ってしまう……。

片桐　だってほら、映画を観て、行ってみようかと思った人がほとんどだから。現地でサチエさんや、私の演じたマサコさんを見ちゃったら、そりゃあ一緒に写真くらい撮りたくなるのは仕方ないよね。

小林　なるほど。香港でジャッキー・チェンに会うようなもんですね！

もたい　北欧雑貨がブームになったのも、あの頃からなんですかねえ。

片桐　マサコさんが劇中で洋服を買いに行くマリメッコ（フィンランドのファッションブランド）という店だって、日本ではまだあまり知られていなかったから。

　私のところにも、いまだに友だちから問い合わせがありますよ。「フィンランドに行くんだけど、どこ行けばいい？」って。観光局のウェブサイトに全部載

ってるから見てみて、と答えてますけど。(笑)

もたい　あの映画はいろんな意味で、すごかったのね。

小林　本当ですね。

もたい　はいりちゃんは撮影中のフィンランドで、けっこう夜遊びしていましたよね。

小林　クラブとかに行ったり。

片桐　その頃はほら、ガツガツしてましたから。

小林　ガツガツ？（笑）　何でも体験してやろうとか、そういうことですか？

片桐　そうです。自分がそんなふうだったから、聡美さんには感動しました。宿としてすごく素敵なアパートメントホテルを借りていただいたのですけど、聡美さんはその部屋に置く鉢植えを、着いた初日に買って。

小林　ああ、そうでした。

もたい　そこは小林聡美って感じですよね。(笑)

片桐　私なんてそういう発想がまるでない。スーパーはどこだ、地下鉄はどうやって乗るんだって、外に出ることばかり考えているから、やっぱり聡美さんは違うなーと感動しちゃって。

小林　いやいやいや！　逆に私のほうは仕事以外の余裕がなくて。

片桐　私だって別に、遊び歩いていたわけではないですよ。(笑)

小林　でも、〝満喫していた感〟はありましたよね。(笑)
片桐　満喫は……していたかもしれません。というか、私だけが遊んでたんですか？　もたいさんは？
もたい　何にもしてなかったですよ。ホテルに帰って洗濯して、スーパー行って買い物してと、普通に生活していました。
片桐　そうですか……。あ、また思い出しちゃった！　宿の近所のスーパーでバッタリ聡美さんにお会いしたことがあったんですけど、そのとき、旅行用のスーツケースをお買い物のキャリーバッグとして使っていらした。それもびっくりしました。
小林　きっと、お水とか重いものを買いに行ってたんですかね。
片桐　そういう発想がやっぱり「小林聡美、スゲー！」って(笑)。鉢植えを買ってきてホテルの部屋に置くって、もともと聡美さんには、北欧の精神があるのではないかと思うんです。
小林　いや、せっかく生活するんだし、部屋も殺風景だし、なにか生きているものがあると楽しいかなって。さすがにホテルで動物の面倒は見られませんからね。
片桐　めんどくさいと思うことはないですか？　ひとりになって、もう、誰の面倒も見たくない、というような。

小林 ありますよ。でも、花の手入れなんかは気分転換にもなるし、咲いているのを見ると、楽しいんですよね。

片桐 そういうところに感動します。私の場合、鉢植えがあると枯らしたらかわいそうと、逆に緊張してしまう。

小林 それはきっと責任感が強すぎるんですよ。

もたい 私はそれこそあの当時、ずっと飼っていた猫が二月に死んで、その半年後の八月に『かもめ食堂』のロケだったのね。行く前はこの子を置いていけないなあと思っていたら、二月にパタッと死んじゃった。なんて偉いやつなんだろうって思いました。そうやって心置きなく行かせてくれたのかなと。

片桐 そうでした。ちょうど私の父が亡くなったのと同じぐらいの時期で、そんな話、しましたよね。

もたい みんないろいろとターニングポイントだったというか。あの映画はそんな作品だったのかもしれませんね。

一年ぐらい休んだってどうってことない

片桐 ところで、聡美さんはあのときおいくつだったんですか？

小林　えーと、三九歳ですかね。

片桐　ハッ！　三〇代だったのか。私はいくつだったんだろう……。

小林　二つ違いだから、四一とか四二じゃないですか。

もたい　はいりちゃんのほうが年上なんだよね。

片桐　でも、私はもう、それこそ子どもの頃から聡美さんの活躍を見ているので……。

小林　出た。それ、いつも言いますよねー。（笑）

片桐　だって私、銀座の映画館でアルバイトしていて、『転校生』（小林聡美の映画デビュー作）のもぎりをやっていたんですよ。だからもう、聡美先輩！　って感じで。

小林　はいりさんが舞台をやり始めたのは、何歳ぐらいからですか？

片桐　一八歳とか一九歳ですね。

もたい　そのときから「舞台の片桐はいり」って、すごい有名だった。みんな噂の「片桐はいり」を観に行ってましたよ。

片桐　もたいさんのお芝居こそ、私はずっと観てました。だから、初めてお会いしたときなんか、ワーッ、もたいさんだーって。

もたい　だけど、初共演の作品はなんだったのか、お互い思い出せない。

片桐　そう。ネットで検索しても出てこないような謎の作品。たしか、もたいさんと

小林　私と乙葉さんが、千葉の銚子で漁師の……。

片桐　乙葉さんって、藤井隆さんの奥さんの？

もたい　そうです。彼女がまだ新人で、みんなで銚子の海にロケに行き、船の上でずっと話してたんですよね。お互い「いつも拝見しております」とかって。

片桐　お話ししたのは、あれが初めてでした。

もたい　私はたぶん、それまで所属していた劇団を辞めた直後ぐらいだったんです。それで、もたいさんに人生相談してしまって。「これから、俳優としてどうやってやっていけばいいのでしょうか」とかいろいろ聞くんだけど、もたいさんは我関せず。あたりを優雅に見渡しながら、「ふーん、銚子のあたりに別荘買うのもいいわねえ……」って。（笑）

小林　じゃあ、人生相談の答えはまったくなかったんですね。（笑）

片桐　なかったというか、「俳優とはなんぞやなんて、私、考えたこともないし……」みたいな感じだったので、「この人やっぱりスゲー！」と思って。あと、「ドラマや映画は撮影中に休日がありますが、どう過ごしたらいいんですか」といった質問もしました。それまで私は演劇の仕事が多くて、毎日稽古があったものだから。もたいさん、覚えてます？

もたい　ええ、うっすら。「一年ぐらい休んでも誰も気づかないから平気だよ。休み

片桐　たいだけ休んだらいいんじゃない?」と答えたような気がします。そう、そうでした。でもあのときの私は、若くてガツガツしてたから、その意味がよくわからなかった。でも今はよーくわかりますね。一年ぐらい休んだって、ほんと、どうってことないって。(笑)

「やりたくないことをやらないだけです」

もたい　『かもめ食堂』の後で一番感じたのは、ごはん屋さんを開く若いお嬢さんたちがものすごく増えたな、ということ。

小林　そうだね。たしかに多い。

片桐　映画を観て影響を受けたのかな、という感じが出ているお店ね。台湾や韓国など、海外にも似たようなお店がいっぱいある。

もたい　映画に出てくる三人の女性は、フィンランドという異国の地に、日本からひとりでやって来るでしょう。だから自立していてカッコよく見えるのかもしれないけど、実はあの三人のなかで、ミドリさんとマサコさんは自立していませんきっ。自分の力で「かもめ食堂」を開店したサチエさんだけが自立していて、あとのふたりは彼女に声をかけてもらっただけ。サチエさんを通して、自分たちも自立していこうと思っている。

小林　でも、ミドリさんもマサコさんも、日本から踏み出す一歩がなかったら、フィンランドでの出会いも生まれなかった、とは言えますすよね。

片桐　そうそう。でも、やっぱりサチエさんとの出会いがなかったら、せっかく一歩踏み出したのに、ただ観光しただけで日本に帰っちゃったような気もする。

もたい　マサコさんたちには、日本から遠く離れた外国で、ひとりでお店を切り盛りしている日本人がいるんだ！　というビックリ感が、すごくあったと思う。

片桐　そうですよね。私、今でこそ腑に落ちるセリフがあるんです。あとからフィンランドにやって来たマサコさんが、食堂をやっているサチエさんと、彼女を手伝っているミドリに、「あなたたち、好きなことだけやってらしていいわねえ」と言う場面がありますよね。

小林　ありますね。

片桐　それに対してサチエさんは、「やりたくないことをやらないだけです」と返すんです。そのとき、ミドリはサチエさんの横で「ウン、ウン」と、自分の手柄じゃないのについでに自分も褒められたような、ちょっと満足気な表情をしてるんですよね。私がそれを意図して演じたかどうかは覚えていないのですが……。あの場面、いつも自分で見て、「面白いな、ミドリって人は」と笑っちゃう。

小林　というと？

片桐　つまり、あのときの私はミドリと同じ心境というか、サチエさんのセリフがちゃんと理解できてなかった。「好きなことだけやりたい」というガツガツした気持ちならわかりやすいんだけど、「やりたくないことはやらない」。その言葉は、なんかすごい。すごいけど、自分のなかでは腑に落ちないというか。そのくせ背伸びしてうなずいてる。（笑）

もたい　うんうん。

片桐　「言ってることはわかるけど、世の中そんなふうには生きられないよね」と。「欲張らない」という感覚がわからなかったんです。世の中もまだまだ欲望がギラギラしていたし、自分も若かったんだと思います。でも聡美さんはあのセリフ、理解しておっしゃってたんでしょ？

小林　私は……わかりましたよ。

もたい　私も、わかりました。

片桐　やっぱり。おふたりはそうでしょうね。私も、今はわかります。はあーそうだよねー、「やりたいことだけやってます」じゃなくて、「やりたくないことはやらない」なんだよなーって。あのセリフの奥深さ、一〇年経った今、よーくわかるようになりました。

小林　でも、サチエさんという人は、かっこよすぎますよね。

片桐　あの映画をやってからというもの、聡美さんはいろいろな人から頼られてきてるんじゃないですか？（笑）

小林　まったくないです（笑）。本当の私は、あんなふうにかっこよくはありませんし。

もたい　でも〝面白がり〟よね。

小林　んー。面白がりではあるのかなあ。だから、外国でお店を開くというのも、誰かが環境を整えてくれて、「やる？」と聞かれたら、やるかもしれません。「誰かが整えてくれて」なんて言ってる時点でかっこ悪いんですけど。

片桐　私は個人的に、『かもめ食堂』をやった後で一番変わったなと思うのは、「さん」付けで呼ばれるようになったことですね。それまで色物扱いが多かったというか、普通の人の役をやる機会が少なかったので、「あいつ、片桐はいりだろ？」みたいに言われることが多かった。でも、ミドリを演じた後は、「片桐はいりさん」って呼ばれるようになった。それはありがたいですね。（笑）

もたい　でも、はいりちゃんはもともと素敵ですよ。日本演劇界の宝ですから。

小林　そのとおり。片桐はいりは間違いなく日本の宝です。

猫と絵本と〝石井桃子〟

松岡享子
群ようこ

まつおか・きょうこ

一九三五年兵庫県生まれ。米国で児童図書館学を専攻。帰国後に自宅で家庭文庫を開き、児童文学の翻訳、創作を続ける。七四年に㈶東京子ども図書館を設立。著書に『子どもと本』、訳書に「くまのパディントン」シリーズほか（写真中央）

むれ・ようこ

一九五四年東京都生まれ。大学卒業後、本の雑誌社勤務の傍ら、八四年に『午前零時の玄米パン』を発表し注目を集める。以降、数々の小説、エッセイを執筆。『かもめ食堂』『老いと収納』『いかがなものか』など著書多数（写真右）

戦後の農地開拓を現代ドラマに

小林　石井桃子さんというと、『クマのプーさん』や『ピーターラビット』など数多くの海外児童文学の翻訳者であり、また作家として『ノンちゃん雲に乗る』などのベストセラーでも知られます。今回ドラマ化された『山のトムさん』は、石井さんの実体験に基づいた作品なんですよね。初めて読んだとき、トムさんが野山を駆け回る様子に心が温まりました。あ、「トムさん」とは、石井さんが飼っていらした猫の名前なんですけれども。

松岡　『山のトムさん』は、戦後間もない頃の日本の山村が舞台。みんなが生きることに必死だった時代の作品です。原作ではその点がとても強かったものですから、ドラマ化のお話があったとき、時代背景を現代に移すとうかがって、いったいどういうことになるのかしらと思っていました。でも、群さんが脚本をお書きになり、できあがった作品を拝見すると、ちゃんとひとつの世界になっていて、すごく感心しましたよ。

群　そうですか。ホッとしました。

小林　『山のトムさん』には、石井さんが戦後、お友だちと東北の農地を開墾して、そこで飼うことになった猫のトムとの暮らしが描かれています。ただ私は最初、そういう戦後の厳しい状況をあまり意識せずに原作を読みました。すると、家族ではない女性どうしがともに暮らし、そこに子どもも交ざって……。そのつながりが、現代にも通じるような気がしたんですよね。今の人たちにも、そういう暮らし方はできそうじゃないかな、と。

松岡 そうなんです。ドラマでは、今の社会にも通じるメッセージをちゃんと背景に据えて作ってくださったなあと、わかりましたよ。

群 脚本を書くときに、時代設定を変えるという、そのあたりで苦労したので、本当にうれしいですね。あと、私も猫好きなので、最初は猫を主人公にしてしまって……。「猫にそんな演技はつけられません」と言われて、ハッ、ごもっとも！ と。それで結構、書き直しました。（笑）

いいものはすべて、文章のなかにある

小林 石井さんは宮城県の鶯沢《うぐいすざわ》での五年間にわたる農業生活の後、出版社での仕事のために東京に出てこられたのですよね。

松岡 そうです。先生はその間、東京と東北を行ったり来たりする二重生活を送って

いました。代表作の『ノンちゃん雲に乗る』も、鶯沢でお清書して原稿を出版社に郵送しています。でも、岩波書店が初めて子どもの本を出すというときに、岩波に乞《こ》われて、上京されたのです。

小林　松岡さんが石井さんとお知り合いになったのはどういうきっかけだったのですか？

松岡　先生は一九五八年に東京都杉並区のご自宅で「かつら文庫」という家庭文庫（一般家庭で所有する児童書を地域の子どもに開放する活動）を開いていました。

小林　阿川佐和子さんも幼少時、通っていらしたという。

松岡　そうです。私は大学卒業後にアメリカへ留学して、児童図書館員として勤務していたのですが、帰国して少ししてから先生たちの文庫の勉強会に参加するようになったのです。そのとき、先生は五〇代、私が二〇代だったかしら。それから私は大阪の公共図書館を経て、六七年に中野区の自宅で「松の実文庫」を開設し、それが縁となって七四年には先生とともに中野区で東京子ども図書館を立ち上げることになりました。

群　石井先生の文章はすごくユーモアがあって面白いのに、普段はあまり面白いことをおっしゃらなかったって、松岡さんは本に書いていらっしゃいましたね。それがすごく意外で。

松岡　もちろん、こちらが何か言うと笑ったりはされますが、先生のほうから冗談をおっしゃるようなことは、なかったですね。

小林　石井さんが「『クマのプーさん』の饒舌《じょうぜつ》な世界は訳しやすかったけれど、『ピーターラビット』の簡潔な文章を訳すのはすごく難しかった」というようなことを書いておられたので、ご自身も饒舌な方だったのかなあ、と想像していました。

松岡　いえいえ、そんなことはないです。本当に、先生が持っていらしたユーモアのセンスやいいものはみな、お書きになるもののなかに注がれている、という感じで。

小林　すごい！　究極ですね。

群　口には出されない、全部物語のなかに……ですか。

松岡　もしかしたら、たくさんしゃべって人を楽しませるような方は、本当に残るようなものをお書きにならないのかもしれませんね。

群　じゃあ私は、今までに相当、無駄玉を打っていますね（笑）。もう面白いこと言っちゃいけない。自粛しなくっちゃ！

小林　そんなことはありませんよ〜。（笑）

群　脚本を書くために『山のトムさん』を何度も何度も読みましたが、いつも同じところで笑ってしまいます。それは、仔猫のトムさんが初めて山の家につれてこられたとき、鼻のところにポツポツと斑点があるのを見て、主人公のハナおばさんが「(千島列島の)『千島』みたいだね」と言うシーン。子どものトシちゃんが「でも、千島、もう日本じゃないよ」と言い、ふたりが顔を見合わせて「しぶく笑いました」と続きます。この「しぶく笑いました」という一文が、すごいなあ！　と思って。

小林　あははははっ。なるほど。

群　客観的に考えると「しぶく笑いました」というのは、あまりふさわしくない言葉のように思うのです。男の人が「しぶく笑う」というのは想像がつくんですけど。

松岡　この場合、片方は女性で、片方は子どもですしね。

群　だけどあの流れでは、ぴったり。戦争に負けて「もう千島は日本のものじゃない」という当時の状況、それを子どもでも理解しているということも……。そのすべての背景が、ひとことでわかるんですよね。何度読んでも、私にはまだこうは書けないなあ、と感じ入りました。

松岡　石井先生は、日常生活の小さなことをとても大事にされる方でした。たとえば、軽井沢の追分に別荘を持っていらして、夏の間、そちらでお過ごしになるんですが、当時は下駄を履いていらしたんですね。それで、お散歩のときなんか、ちょっとぬかるんだ道を通ってくると、帰ってきたらすぐに下駄の裏を水道で流して、泥を落として、陰干しして、と。それを見て、私なんかハァー……と。わかります。(笑)

群 石井先生を引き継いで、今は私が翻訳を続けている絵本「うさこちゃん」のシリーズでも、うさこちゃんは雨のなか、自転車に乗って帰ってくるとちゃんと自転車を拭くんです。私も自転車には乗っていたけど、そんなことしたことがないから、あれを読むといつも胸がチクッと。

松岡 うさこちゃんに。(笑)

群 生活のなかの小さいことをちゃんとしたうえでなら、何か発言することもいいけれど……と、石井先生は、そういう方でした。

松岡 今、なんか、ハッと息が止まりました。

小林 ええ。止まりましたねぇ。(笑)

群 先生ご自身を見ていると、ものすごい人というような、いかにもという雰囲気を醸し出している方ではないのです。でも、よくよく考えると、ものすごいパイオニア精神の持ち主だなあ、と思いますね。

松岡 そうおっしゃる松岡さんも、すごいです。こんな素敵な子どものための図書館

小林

をお作りになって。ここに通う子どもたちは、やっぱり本が好きで来るんでしょうか？　親御さんに連れて来られるとか？

松岡　どうでしょうか。自分自身で手を出して一所懸命、本を読むという感じの子ばかりではありません。特に本が好きというのではなく、居心地がいいから好き、と感じてもらえるくらいでいいと思っているんです。ここへ来れば、必ず誰かが本を読んでくれます。読んでもらうことが嫌いな子はほとんどいないから、来て、本を読んでもらって、気分よく帰る、と。そういうことなんじゃないかしら。

子どもが変わった高度成長期

小林　子どもの気質とか傾向みたいなものは、時代とともに変わってきたと思われますか？

松岡　私が仕事を始めたのは一九六〇年代ですが、七〇年代にすごく変化を感じましたね。そして今は、少し戻ってきた感じです。

小林　へえ～。それはどういう？

松岡　七〇年代、高度成長期には子どもたちがとても落ち着かなくなって、すべての物事との相対し方が浅く、軽くなったという印象を受けました。それでとても心配しましたけれども、考えてみたら生活の変化がすごかったわけでしょう？

群 そうですよねぇ。

松岡 家庭にテレビなどなかったところへ突然テレビが出現して、珍しいから大人もしょっちゅう見ている。そこで育つ子どもの環境は、生活圏のなかに常時、知らない大人の声が聞こえているというものでしょう。でも、幼児期にひとりの人としっかりとした愛着関係を築くことが難しいと、言葉を獲得するプロセスにとても悪い影響を及ぼすんです。また、情報ばかりがどんどん入ってくることで、子どもは受け止めきれなくなり、小さい子などは受け流すようになってしまう。そういう基本的な姿勢が形成されてしまうんです。

小林 なるほど、それは危険ですね。

松岡 以前は読み聞かせで、「むかしむかし……」と始まると、子どもたちはお話をしてくれる人の顔をギュッと見て、ひとつひとつの言葉をしっかり聞きながら理解していました。でも、それがテレビだと、いくら音が鳴っていても、別に見ていなくてもいいわけじゃないですか。

群 ええ。そうですね。

松岡 それと同じで、こちらがお話をしていても、目を合わさないとか、本当に緊迫した場面になったときにヒュッとこちらを向くだけで、あとはフラフラ視線が漂うなど。七〇年代の初めには、そういう変化が顕著でしたね。でも、ちょっと経済成長が鈍化してくると、子どもたちがよくなることがわかったんです。

小林　そうなんですか。面白い。

松岡　変な言い方ですが、それこそ戦後の貧乏なときは、子どもたちが本当にいい子でした。大人が生活に手いっぱいで、子どものことをなめまわすように見たりしないでしょう。それが、子どもの精神にとってもいいんですね。自由なんですよ、干渉されないで。

群　ああ、なるほど。

松岡　ほったらかしにされていると、子どもはいろいろなことを想像するし、自分でやってみるんですよね。私なんかも小さい頃は、今の大人が見たら「危ない！」と止めるようなことを平気でやった記憶があります。学校で学ぶこと以外に、そういうところで身につけたものが、実は「その人」を作っていく。人工的でよく管理されたなかにいる今の子どもは、かわいそうだと思いますね。

群　私の担当編集者の話なんですが、彼女は自分の子どもにも本を読んでもらいたいからと、家庭でたくさん本を並べているそうなんです。そこに、子どものお友だちが遊びに来ると、「本がある！」と言って、みんなでワーッと寄って来るとか。「触っていい？」と聞くので、「好きなのを自由に読んでいいのよ」と言うと、みんな喜んで本を開くんですって。

群　へえ、そんな子どもたちがいると聞いてうれしいわ。

松岡　ええ。でも、あまりにも本を渇望している感じなので、彼女が「おうちでは読まないの？」と聞いたら、親御さんが買ってくれないと。欲しいと言っても「ダメダメ、本は高いから」と言われるそうなんですよ。

小林・松岡　えー！

群　それで彼女が「本が読みたかったらいつでもうちに来てくれていいよ」「読みたい本があったら貸してあげるからね」と言ったら、みんな喜んで借りていくんですって。たまたまその子たちは、友だちのお母さんのおかげで本を読む機会が与えられたわけですが、そうじゃない子は本を読みたいと思っても手に取る機会がないわけですよね。私はそれがすごくショックで。

松岡　テレビは勝手に見るようになるけれども、本は大人の誰かが仲立ちして、ちょっと手助けしてやらないと子どもの手に届かないのね。高くて買えないという親御さんでも、図書館へ連れて行ってくれたらいいんだけれど。

群　そう！　そうなんですよ。

松岡　乳幼児など未就学の子どもの場合、本は開いて読んであげることが大事。それによって、「あ、これはこういうふうに開くと、なかに何かがあるんだな」と発見するわけです。ですからまずは、それをしてくれる大人がいないと。昔に比べれば図書館の数はうんと増えているし、ぜひ利用してほしいですね。

子どもが親の可能性を引き出す

小林　本の面白さを知らないまま親になった人は、子どもにもそれを伝えられないいんじゃないかと思うんですよ。だから、ちょっと大変でも、子どもに本を読み聞かせたりするのは、必要なんじゃないかと。

松岡　それがね。日本には、ボランティアで自宅を開放して自分の蔵書を近所の子どもたちに提供している「子ども文庫」がたくさんあって、これは世界からも非常に注目されているんです。それで私は、二〇〇二年から約三年半かけて、三〇年以上「子ども文庫」を継続していらっしゃる方を訪ねて、日本全国をまわる旅をしたことがあるんですが……。

小林　それはすごいですね。

松岡　全都道府県で九九ヵ所まわりました。そのとき、私がとっても驚いたことのひとつはね、「子ども文庫」なんかを開く方って子どもの頃からすごく本が好きで、本が好きだからそういうことをしていらっしゃるんだと思っていたら、そうではない人が三割近くもいたことなんです。

群 えぇ⁉ そうなんですか！

松岡 自分は本を読まずに育ったのに、なぜ「子ども文庫」を始めたかというと、子どもが生まれて絵本を読んでやったら、あんまり喜ぶのでビックリして、それで目覚めちゃったという人がいて。子どもと一緒に本を読んだときの楽しさが忘れられないのと、絵本がとっても面白いということがわかってきたのとで、子どもが大きくなった後も、自分は絵本を読み続けた。それを近所の子たちにも貸したいから、家庭で文庫を始めて、もう三〇年続けています、という人がかなりの数いたんですよ。

小林 それはすごい！ なるほど〜。

松岡 ですから、読まないで育った人でも、子育てのなかに本の面白さを発見するチャンスはあるんだと思いましたね。その結果、名実ともに、立派な図書館員と言っていいほどの知識を蓄えて、上手に子どもたちに本を勧めてくださっている。すごいことだなあ、と思いました。

群 ほんと、それは立派ですね。

松岡 子どもに本を読んでやっていると、こちらが思いもよらない面白い反応をすることがあります。親にしてみれば、それはすごい驚きだし、喜びなんだと思います。それが力になって、じゃあ「子ども文庫」みたいなこともやってみようかな、というふうになった方が大勢いらした。つまり子どもって、それまで親も知らなかった親のなかにある気持ちを引き出す——そんな力を持っていると思うんですよね。

猫には譲ることばかり

小林 ところで、『山のトムさん』といえば猫ですけれど、みなさんも猫をお飼いになっていると聞きました。群さんのところは女の子で、かなりの女王様気質だとか？

群 ええ、そうなんです。

松岡 仕事の邪魔しに来たりします？ パソコンのキーボードの上に座ったり。

群 あ、それはもうしなくなりましたね。一度、言い渡したので。

小林 え？ 何を言い渡したんですか。

群 「これはお母ちゃんの仕事だからね、邪魔されると困るんだよ」って。

松岡 ウン、ウン。

群　うちの猫、「しい」っていうんですけどね、「しいちゃんのご飯を買ってあげられなくなるんだよ」って。それから一切、邪魔しなくなりました。

小林　それは素晴らしい（笑）。猫を怒ったりしないんですね。

群　うちの猫は怒るとキーッ！　となるタイプなので、この子はちゃんと説明したほうがいいなと思って言い聞かせていたら、一切しなくなりました。

小林　うちは男の子で、のんびりとした性格。パソコンの上には乗らないんですが、パソコンの周りが暖かいんでしょうね。私の手の甲のところに頭を置いて寝ちゃったりします。キーボードが打てないので、やっぱり邪魔になるんですけど。（笑）

松岡　かわいいですね（笑）。私は、仕事の途中で席を立つときは、キーボードの上にダンボールで作ったカバーをかけることにしているんです。ときどきそれを忘れると、猫がキーボードの上に乗って、画面にはなんだか、タタタタタタタタタタ……と。打った覚えのない文字が無数に並んでいる。

群　それ、なるんですよね。（笑）

小林　あと、ロックキーに乗られちゃって、画面が動かなくなってしまったり。

群　そう！　急いでいるときに限って、やられるんです。

小林　私、電器屋さんまでロック解除の方法を聞きに行きましたよ（笑）。猫って、複雑な動きをするんですよね。四本の足でナントカのキーとナントカのキーを同時に押しちゃうみたいな。

群　そうなんですよ、私たちが押さない未知のキーを押している。猫がいるといろいろ譲らなくちゃいけないことがありますね。

松岡　でも、猫ちゃんだから仕方がない。

小林　そう、仕方がない。

群　人間なら、さっさと追い出してるところですけどね。（笑）

芸は身を助けるか？

酒井順子
柳家小三治

さかい・じゅんこ

一九六六年東京都生まれ。高校時代から女性誌にエッセイを書き始め、大学卒業後、広告会社勤務を経て執筆活動へ。二〇〇四年に『負け犬の遠吠え』で婦人公論文芸賞、講談社エッセイ賞を受賞。近著に『処女の道程』ほか（写真右）

やなぎや・こさんじ

一九三九年東京生まれ。五九年に五代目柳家小さんに入門。六九年真打ち昇進、十代目柳家小三治襲名。二〇〇四年芸術選奨文部科学大臣賞受賞、〇五年紫綬褒章受章。一四年七月人間国宝に認定。『ま・く・ら』ほか著書多数（写真中央）

『婦人公論』に嫌われちゃいけないと

小三治　創刊一〇〇周年って、この雑誌、一〇〇年も前からやってるんですか。俺が生まれる二三年前だから……大正時代。ひどいもんですね、そりゃあ。

小林　ひどいって。（笑）

小三治　『婦人公論』というと、最初は堅い本だという印象があったけれど、年数が経つうちに変わってきたなと思うのは、『婦人公論』もだいぶんと、シモがかった記事がね……。

小林　シモがかった（笑）。たしかに子どもの頃は、『婦人公論』というとあまり手にしてはいけない雑誌というイメージがありました。

酒井　私、創刊号から見せていただいたことがあるのですけど、〝シモがかった〟記事は創刊当初からあるんですよ。親友の夫とナントカみたいな……。

小三治　そうですか。僕ね、中学のときに初恋をしまして。高校生になってもお付き合いを続けて、その人に対する恨みつらみ、あるいは納得不納得の連続で今日まできたわけですけれど。

小林　そんなに尾を引いてるんですか。（笑）

小三治　ええ。尾を引いてます。まったく修復不可能。それでね、その人がよく『婦人公論』という名前を口にしていました。
酒井　中学生や高校生で？　早熟な方ですね。
小三治　早熟ですね。文学少女というか……。それできっと、俺とはうまくいかなかったんだな。
小林　小三治さんは早熟じゃなかったんですか。
小三治　私は早熟じゃなかった。思いは強かったですよ。暗がりで手を握りたいとか髪を触りたいとか、いろいろありました。でもそんなことをして『婦人公論』に嫌われちゃいけないと思ってね。

天才少女？　いいえ、女工哀史です

小林　改めまして、今回は話芸と文芸、そして演技という、三人に共通する「芸」をテーマに、「芸は身を助けるか」ということを考えてみたいと思います。
小三治　どうも「身を助ける」って意味が難しいですね。たとえば、あなたは役者の世界に入り、いくらかの実入りがあって……。
小林　ええ。

小三治　それが「身を助けた」ってことになるんだろうか。暮らしに困った人が、「ここでいくらかほしいんだけど」と思っているときに、芸が身を助けるということはあるかもしれないけれど。

小林　ウーン。そうですね。

小三治　年数を経るにしたがって、芸が身そのものになっていって、もうそれで生きていく！　となるわけでしょう？　やめようと思えばやめられたのに、やめないできた。——ということは、やっぱり芸は身を助ける、ということになるのかなあ。

小林　私は、演技って芸のうちに入るのかなあ、と思ってました。

小三治　おお！　ちょっとお嬢さん（と、酒井さんを向いて）、どう思います？

酒井　私は演技や落語みたいに、一度人前で演じてしまうと後から直しがきかないものが芸かと。文章の場合、印刷所に渡すまでは直すことができるので、これは芸じゃないという気がするんです。

小林　いやいや、立派な芸ですよ〜。書いたものが世の中に出たら、その過程で直したかどうかなんて、わからないじゃないですか。

小三治　ウン。わかんない。

酒井　では、「人前で披露できるものが芸」というのはどうですか。文章を書いてい

るところをお見せしても、まったく面白くないですし。（笑）

小林　でも完成した文章は、やっぱりすごい芸だと思いますね。

酒井　本当は私が書いていないかもしれないじゃないですか。

小林　えええーっ！（笑）

小三治　片方は芸じゃないとおっしゃり、片方は芸ですとおっしゃる……。しかし世間的に見れば「文芸」という言葉がありますから、文章もきっと、芸なんでしょうな。

小林　酒井さんは筆に身を助けられたとか、そういうことはありませんか。

酒井　それこそ、ご飯を食べさせてもらっているという意味では助かっています。あと、書くことは、体のなかのものを出しちゃう感じがあるので、スッキリできるのもありがたいところです。

小林　絶えず書くことを考えていらっしゃるんですか？

酒井　習慣ですね。私も子役ぐらいの頃から書いているので。もう三十数年。

小林　ということは、私たち、ティーンエイジャーの頃から始めた三人組ですね。

小三治　おふたりは、天才少女だ。

酒井　いえいえ。女工哀史ですよ。

小三治　ああ、野麦峠！

品のある人にはどうやったらなれるのか

小林　酒井さんの書かれるものは、軽やかでありながら捉え方が厳しくて、一方キツいことを言っても品があるから、嫌みじゃない。そこがとても好きなんです。

小三治　厳しいことを言っているけど品があるというのはいい。惹《ひ》かれちゃうねえ、そういうの。

小林　惹かれるというのは、芸の上でということですか？

小三治　芸の上でも人柄でも、文章でも、演技でも。ウーン……やっぱり、古いんですかねえ。

小林　「古い」とは、どういう意味ですか？

小三治　品がなくちゃいけないというふうに思うのは、古い感覚なのかなあと。でも、そういう感覚はこの世界に入る前後から、ありましたね。

酒井　小三治さんのご著書『ま・く・ら』に、昭和天皇が隣の車両にお乗りになっていて、手を振るお姿にとても品があった、という文章がありました。たしかに昭和天皇のこういう感じ（と、静かに手を振って）は真似できないなあ、と感銘を受けました。

小三治　芸でしたね、あれは。
小林　芸でしたか！（笑）
小三治　一日に何回、誰に手を振るのかは知りませんし、その手の振り方が相手によってはちょっと違うのかもしれないけれども、だいたいは同じでしょう。そんなに心をこめてもいないんだろうけど、何かこう、心がこもっているように見えるというか。
小林　たしかに、優しい感じが絶妙です。ちょうど、これぐらいですよね（と、小さく手を振る）。
小三治　あ、それ違う。振りすぎだね、それじゃあ。
酒井　それにしても、品がある人には、どうやったらなれるんでしょうか。
小三治　あなたはもう、なってるんでしょう？
酒井　品のあるフリをしております。メガネとかかけて。
小林　それがフリだとしたら相当な芸ですね（笑）。酒井さんって、その実体はどんなお方なのか、ちょっと謎ですよね。よくお話はするほうですか。
酒井　私、しゃべると人を傷つけてしまうことが多く……。幼い頃から舌禍事件に次ぐ舌禍事件で、自我が芽生え始めると、世の中には、こんなに言っちゃいけないことがあるんだとわかってきました。それでだんだん無口になったんです。

小三治　だから書いています。

酒井　言っちゃいけないことがあるんだけど、この場合はここまで言っても大丈夫だろうとか、そういう愉快感はあるんじゃないですか？

小三治　そうですね（ニヤリ）。

酒井　同じだ！　握手をしたいですな。

小三治　だけどやっぱりつい踏み出してしまう。文章のほうがそれを許される範囲が広いので、私にとってはいい仕事だと思っています。後から直せますし。

酒井　たしかに我々の発言は直せないね。一度高座の上で言ったりしたことは。

小林　演技も落語も文芸もそうですが、さまざまな芸のなかではすごく歴史が古くて、少しずつ変わりながらも根強く生き続けていますよね。滅びてしまう芸も多いなかで、たとえば落語ブームは繰り返しやってきているように思いますし、強い芸なんじゃないかと。

酒井　みんなが欲しているものなんでしょうね。文芸も、落語も。

小林　シンプルだからでしょうか。

酒井　それもありますけど、観たり読んだりしているほうも、芸で身を助けられているのかもしれません。いい芸に触れるとすごく気分がいいし。

小林　少し前の話ですが、私の母親の葬儀が終わった翌々日に、ある落語会に行く予定があったんです。そんなときだから友人も、今日は来なくていいと言ってくれたのですが、あえて行ってみた。すると笑ったり話に惹き込まれたりして、本当に救われました。まさに助けられた経験でしたね。

小三治　それはよかったねえ。そんなふうに言ってくれて、ありがとう。もちろん俺じゃない人の落語を聞いたんだろうけど。

酒井　あ、チケットが、その……。（笑）

小三治　いいんですよ。私たちの世界の誰かが、そういう役目をして、「助けられた」と思ってもらえた。それはまさしく、落語というもののあり方なんだろうねえ。うれしいですね。

小林　いいものを見せてもらったときは、本当に幸せな気持ちになります。私が最初に体験した落語が小三治さんの高座だったんですけれど、それまで落語はお年寄りが観るものだと思っていて。

酒井　私も思っていました。

小林　でも、小三治さんの高座が本当に素晴らしくて、一気に概念が変わった。もちろん噺《はなし》そのものの面白さもあるけれど、演者が面白くないとその魅力は伝わりません。まさに芸というか。そこにすごく感動して、落語の世界にグググッと惹き込まれたんです。

小三治　ウーン、わからないねえ。

小林　へへへっ。いいんですよ、わからなくて（笑）。無意識にあらわれる芸が、知らないうちに人を感動させているんです。

小三治　そうか……。ウン。わからないけど、ありがとう。

親から厳しく育てられた子どもは

小林　やっぱり芸は、日々精進しようと思っていますか？

小三治　ハッキリ言って、思ってますね。

酒井　かっこいい！

小三治　ええ。恥ずかしいですけど、それしか頼るものがないので。今日やったことを明日は超えたい、明日やったことは明後日《あさって》超えたい。まずいところがあってもなくても、その上をいきたい！　といつも思う。その気持ちが自分を奮い立たせるのかなあ。うまくいってもファイトはわかないですね。

小林　小三治さんは、周りの人に褒められてもあまり喜ばなそうな性格ではないかと勝手に思っているのですが。

小三治　ありがとうございます。

小林　私もそういうところがあるので、なんとなくわかる気がするんです。

小三治　それは、親の教育によるものなんでしょうか。

小林　そうかもしれません。小三治さんの親御さんは、けっこう厳しかったと伺っています。

小三治　子どもの頃に、「よかったね～」などと褒められた記憶はありませんね。いつも、「油断大敵」とか、そういうことばっかり言われていました。何かというと、「侍というものは……」って。

酒井　侍、ですか。(笑)

小三治　あの頃の良識人というのは、侍に憧れていたんですよ。

小林　本当ですか？ (笑)

小三治　とにかく、子どもの頃に親から受けた影響は大きいです。自分が噺家という職業を選んだのも、元をたどれば親から逃れたいだけだったのかもしれませんね。

酒井　親から逃れる……。

小三治　大学受験の段になって、父親が「東大以外は大学じゃねえ」って言ったんです。小学校の校長を務めた人間の言うことかと怒り心頭に発して、通っていた予備校もやめてしまいました。その頃ラジオ東京の『しろうと寄席』という番

小林　組でチャンピオンになっていたので、じゃあこのまま落語でいくか、と。それは両親が一番嫌がることだった。「人の前で笑いものになるなんて」と。復讐心と言うんですかねえ。あんまりいい話じゃないね。

小三治　初めのうちは、復讐のつもりでやっていらしたんですか？

もちろん好きだったけれど、復讐の気持ちのほうが強かったですね。いつかは母親に「私が悪かった、お前の好きなことをおやり」と言ってほしかった。それだけが私の望みで、今もそれは変わりません。母は六一歳で早くに死んでしまいましたけどね。

酒井　小林さんもけっこう厳しいご両親だったのですか？

小林　褒められたり、抱きしめられたりした記憶はありませんねえ。親から厳しく育てられた子どもって、自己肯定がなかなかできなくて、「これでいいんだ」と思うハードルがすごく高いんですって。酒井さんはどうですか？

酒井　私は褒められるのが大好きで（笑）。褒められて伸びるタイプというか、めったに褒められないからこそ、褒められると舞い上がります。

小三治　必ずしも親の思うとおりにはしなかったにしても、そこからなにか芽が出てくるということはあったかもしれないね。

小林　と、言いますと？

小三治　うちの父は書道を教えていて、それこそ幼い頃から手をビシビシ叩かれながら鍛えられた。親に教わる字は嫌いだけれども、それによって字のきれいな人はいいなとか、こういう字は好きだと思う心は育っちゃった。いまだに「この字は得意じゃないな」と思うと、ノートにたくさん書いて、うまくいったものを真似して書いたりしてる。

小林　すごい。努力家ですね。

小三治　いや、努めて力を入れるのが努力ですよね。そうじゃなくて、自分がただ「やりたい」んですよ。そういうところが今の自分につながってるんでしょうね。落語をやっていても、こんなんじゃしようがないなと思うところがたくさん出てくるから、精進するしかない。ダメなところを書き出してみたりして、とても陰気なの。

酒井　これもできない、あれもできないと思ってしまうんですね。

小三治　そうそう。うちのそばの神田川の橋の上を歩きながら、今日は川の水が多くて激しい流れだなあ、あそこに飛び込んだらどんなに楽か、と思ったことが何度あるかわかりませんよ。

小林　そうなんですか⁉

小三治　まあ、大概そういうときには、女でうまくいかないとか。

小林　それは、全然話が違うじゃありませんか。（笑）
小三治　まあ全然違うかもしれないけど、生きているってそういうことの複合ですからね。ところで、酒井さんも独身なんですか。
酒井　はい。
小三治　あ、そう。やっぱり別れたんですか？
小林　「やっぱり」って、どういうことですか。（笑）
酒井　婚姻関係は結んだことないです。私の場合、結婚していないことがある意味、芸になっているので（笑）。まさに身を助けてもらっています。
小三治　よかったじゃない。
酒井　よかったです。（笑）
小林　結婚も、芸ですかね？
小三治　今、飲みかけたコーヒーを置いちゃったよ。ウーン……。ズバリ言いましょう。結婚も芸でしょうね！
酒井　挫折することもあり……。
小三治　いや、その芸に挫折したという事実は、その後の生き方次第で、どれぐらい芸になるかわからないよね。
小林　続けていくのも芸なのかもしれませんしね。

小三治　続けていこうといくまいと、何か考えたり闘ったりすることがあれば、芸になるでしょう。何事もなく過ぎていったら芸にはならないかなあ〜。と言いながら、自分の言っていることに対して、反論もあるわけですよ。なんにもないことを続けていくってことは、結局そのものが自分の芸になるんじゃないか、と。

小林　哲学っぽくなってきました。読者のみなさん、いかがですか。

違った境地になれるときが……

小三治　ところでおふたりは五〇代？　一番面白い年代だね。人生の分かれ道というか。これから何をゲットしていくか、わからないから面白い。

酒井　じゃあ我々、今からですね。

小林　芸に対して、五〇代になったとき、こうしていこう、と思ったりはしませんでしたか。

小三治　いやあそれは思わないね。じゃあ、今の俺はどうするんだよ。もうすぐ八〇だよ。酒井さんの五〇代は？

酒井　いやあ……。本当に大人の年代だなって、ひしひしと。

小林　ほんとですよねえ〜。気がつけば大人と呼ばれる年齢になってしまって。

酒井　「大人の顔」をちゃんとつくらなきゃとは思っています。と同時に年齢を重ねるにしたがって、「芸のゴール」はどこにあるんだろう、と思うことが増えますね。

小三治　ゴールなんて、あったらやる気にならないでしょう。たとえ世界一になることが目的であっても、じゃあ世界一になった人は、その後どうしたらいいのか。やっぱりその上を目指したいんじゃないでしょうかね。

酒井　物書きも定年のない仕事なので、ずっと書き続けたいというのが一番の希望です。何を書きたいかは、そのときどきで変わっていくと思いますが。

小林　私もずっと自信がないながらも、今まで続けてこられたのは立派だと自分でも思うんですが……。いつか、違った境地になれるときがくるのかなあ、ってそれを楽しみに。

小三治　そうそう！　それが五〇代、六〇代の新しいスタートなんじゃないのかなあ。

堂々と生きる

長塚圭史
西 加奈子

ながつか・けいし

一九七五年東京都生まれ。「阿佐ヶ谷スパイダース」主宰、二〇一七年に劇団化。一一年、ソロプロジェクト「葛河思潮社」始動。一七年、「新ロイヤル大衆舎」結成。二一年四月よりKAAT神奈川芸術劇場芸術監督就任。近年の舞台作品に「セールスマンの死」「イヌビト～犬人～」「常陸坊海尊」ほか（写真右）

にし・かなこ

一九七七年イラン・テヘラン生まれ。エジプト・カイロ、大阪府内で育つ。二〇〇四年『あおい』でデビュー。一五年『サラバ！』で第一五二回直木三十五賞を受賞。『まく子』『i（アイ）』など著書多数（写真中央）

若いって恥ずかしい

小林　えー今回は「堂々と生きていくためには」ということを話してみたいなと思いまして。私にとっておふたりは非常に堂々とした佇《たたず》まいに見えるのですが、どうしたらそんなふうに生きられるのか、探ってみたいと思います。

長塚　難しいテーマですよねえ。（笑）

小林　私は二〇一〇年に長塚くん演出の舞台（『ハーパー・リーガン』）に出演させていただいたり、西さんには連載に呼んでいただいたりしていますが、おふたりは初対面ですか？

西　はい。でも私、長塚さんの舞台はめっちゃ好きで、よく観させていただいてるんですよ。

長塚　本当ですか！　ありがとうございます。うれしいなあ。

西　小林さんのことは、ずっと大ファンで。昨年、雑誌の連載のために会っていただいたんです。お会いしたとき、イメージ通りや！　と思いました。私は、小林さんは日本で一番白いブラウスが似合う方やと思っていたのですが、まさにそのまんまで。

小林　その節は、ありがとうございました。

長塚　僕も西さんの作品は『通天閣』を読んでいたんですけど、今回改めて、『サラバ！』『舞台』『あおい』を読ませていただきました。特に『あおい』はホント、新鮮で！

西　ありがとうございます。『あおい』は二六歳のときに書いたデビュー作です。でも、デビュー作って、恥ずかしくないですか？

小林　恥ずかしいですよねー。

西　小林さんは一〇代ですよね？

小林　はあ。もう、その頃のことにはいろいろとフタをしております。って冒頭から全然堂々としてないじゃないですか（笑）。長塚くんはデビューというと？

長塚　僕はおふたりのような鮮烈なデビューではなく、そもそもどこがデビューとかって言えないんですよね。一七、一八歳の頃に学生演劇から始めて、劇場を借りて上演していましたから。

小林　そういうほうがゆるやかでいいじゃないですか。妙に力むこともなく。

長塚　でも、もちろん若い頃の作品は、恥ずかしいです。

西　あ、やっぱり長塚さんにもあるんですか。

小林　若いって、なんか恥ずかしいですよね。

長塚　格好とか、何もかも。芝居も演出のセンスとかも若い頃はひどいわけだし、特にオリジナルをやってきたから、もう、「恥ずかしい」だらけ。

西　私たちの若いときにインターネットがなくてよかったと思いません？　今の子らは、全部残るじゃないですか。若い頃にネットがなくてよかったー、あぶねー、と思って。（笑）

小林　そうすると今の若い子たちは、のびのびと馬鹿なことができなかったりするんでしょうか。

西　全員が一斉に写真撮って、一斉にネットにあげて……。

小林　どこまでも拡散するし。

西　かわいそうやなと思う。

長塚　ずっとスマホで何かを忙しく見ていますよね。もうネットなんかなくなればいいのに。

小林　極端！　でも、そう思います。バーチャルでいいものを見ても、実際のバイブレーションていうか、生じゃないと伝わらないものもあるし。ライブとかお芝居とかに生で触れて感動することを、もっと経験してほしいなと思いますよね。……あれ、いつのまにか〝若者に意見する会〟になってます？（笑）

西　小林さんのおっしゃるように、若者は一回、生のものを目の当たりにする緊張感を味わったほうがいい。そしたらネットの前にだら〜っと座って、軽々しく人の悪口なんか書けなくなると思いますよ。

長塚 携帯もなくなってしまえば、人との出会いの偶然性が、ものすごくかけがえのないものだとわかりますよね。

自分のために書いている

小林 ところでおふたりは、自分が作ったものを納得して世に出していますか？

長塚 ウーン……（と考え込む）。

西 私の場合、出したときは、納得していますね。どこかでバチッと「これでええわい！」と無理やり思って、自分の脳みそをだましているのかもしれないけれど、嘘でもそう思うようにはしています。でも、後で文庫化するときに読み返すと、「これでよう単行本になったのぉ！」と思うものはありますけどね。（笑）

小林 後から気づくんですか？（笑）　自分がぐっと成長したから、そう感じるのかな？

西 成長というと偉そうになっちゃうけど、それもあるかもしれません。でも、逆に初期の作品に憧れる部分もありますね。今だったらこんな恥ずかしい表現、絶対でけへん！　と思うことが、その当時はできているんです。めっちゃまぶしく見える。過去の自分って、まぶしくないですか？

小林　ま、まぶしいです……。

西　今はかっこつける部分、つまり同業者に褒められたいとか、頭ええと思われたいというのが文章に出てしまうときがあって、なるべく出さないように意識してます。若い頃はそんなこと関係なく書いていたから、「うわ～、強いなあ！」って思いますね。

長塚　僕は今回、西さんの作品を最近のものから読んで、最後にデビュー作の『あおい』を読みました。たしかにまぶしかった。『あおい』という作品はもう、魂の叫びみたい。全部光っていました。あれはまったく、恥ずかしくないと思うな。

西　いやあ～、うれしいです。

小林　西さんは、六年間にわたって書いたエッセイなども出されてますよね。最初は若くてまぶしいけれど、途中からどんどん大人になっていく感じが読み取れました。

長塚　へえ～、それは面白い。

西　落ち着いてきますね、大人って。

小林　いろいろなことに驚かなくなりますよね。それがいいのか悪いのかわからないけど。

西　昔は、エッセイも「笑わせなきゃ」とか「事件を書かなきゃ」とか、そういう感じで書いていました。とにかく、おもろいことじゃなきゃ書いてはあかんのちゃうかと思っていて。でも今は、おもろくないことも書いてええんやって、力が抜けてきた。ほんと楽になりました。これは、年をとってよかったことやなと思います。

小林　以前は情熱の人だった、ということですか。

西　昔は〝いきり〟やったんですよ。

長塚　いきり？（笑）

西　そうです。肩に力が入っていた。小説を書くとき、何かこれぞという文章のときに一ライン空けて改行して、「さあ！　どうぞ！　読んで！」というのをやっていた。でも今は、わざわざ改行して強調しなくても、絶対に響くものを書けるという自信が出てきたかなと。

小林　そういう自信は、どこからできてきたんでしょうね？

西　やっぱり一〇年間書いてきたことと、本をたくさん読んだこと。あとは、すごく無責任な言い方ですけど、読者の顔が思い浮かばないというか。もう読者に向けて書いてないんですよね。自分のために書いているから、すごく楽なんです。

長塚　素晴らしいですね。

小林　今のはだいぶ、堂々としたお話でしたね。それではみなさん、今日はありがとうございました。

長塚　もうちょっと話しましょうよ。（笑）

「よく思われようとしてへんなー」

西　長塚さんは、もともとは俳優さんですか？　演出家ですか？

長塚　あいまいですね。最初は役者をやりたくて演劇に触れたけど、自分にいい役がほしくて、セリフを書き始めたんです。俺にはもっといい役があるはずだと。

小林　あはははは！

長塚　それで書き始めたら夢中になっちゃって。自分が書いた舞台に、出演しても楽しいし、出演しなくても楽しいという、〝ずーっと興奮しっぱなしのバカ〟みたいな時期があった。それを一〇代の頃から続けていて、やみつきになっちゃったんですね。

小林　へえ～。私は長塚くんの舞台に出演させてもらったとき、何度本番を経験しても、堂々とした気分にはなれなかったな。「怖いところ」っていう感じで、「すっごく楽しい！」とは思えない。だから、長塚くんが舞台は楽しいとおっしゃったり、西さんも書くのが楽しいとおっしゃるのを聞いて、私はおふたりとはちょっと違うなって。

西 それってなんだろ……。責任感が強いんじゃないですか？

小林 それもあると思います。でも責任感はみなさん、同じだと思いますけど……。

長塚 舞台ではなく、テレビや映画の現場でもそうなんですか？

小林 そうですね。嫌だとかそういうことではないけれど、ルンルン♪　って感じではないです。古い人間なのかな。おふたりはルンルン♪　って感じでしょ？

長塚 いやいやいや！　僕も、自分が書いた脚本で読み返したくないものはあります。最初の純粋な頃のものはまだいいんです。でも、「よーし見せてやるぞ！」と意気込んで書いている時期の脚本はね、頑張ってんなー！　と言いますか、照れくさいですね。

西 へえ！　そうなんや。

長塚 僕は、三〇代に入ってから一年仕事を休んで、ロンドンに留学したのですが、休む少し前のものは特に「お客さんのために！」というのが強かったなと思いますね。今はずいぶん楽。書く段階ではお客さんのことはあまり考えず、好きに書いていますから。

小林 私も実は、同じです。お客さんのことは考えずにやっています。気にしていたらがんじがらめになって、自由になれないですよね。せっかく表現する仕事をしているのに。

西　創作で苦しむのはいいけど、表現のなかでちょっと気を使うというのは最悪やし、そんなしんどいことはないなと思います。私、人に会う前にその人を表す文字が浮かぶことがあるんですけど、長塚さんと小林さんにお会いする前、「潔」という文字がずっと浮かんでいたんですよね。

小林　へえ、そうなんですか。

西　たとえば長塚さんの舞台を観ると、すごく清潔やなと思う。「潔」は高潔さの「潔」でもあるんですが、おふたりとも、すごくへんな言い方やけど、「よく思われようとしてへんなー」と(笑)。ステレオタイプな言い方をすると、媚《こ》びてない、というか。

小林　長塚さん、どうですか?

長塚　最近は特に、わかりやすいもの、自分のフォーマットに合うものじゃないと拒絶しちゃうお客さんも多いんです。でもそれがすっごく嫌だから、構成を乱暴なやり方で通したり、作品がわかりやすくなるような説明も必要以上にはしません。嫌われることもありますけど、そこは潔く。

小林　それにしても、小説でも映画でも演劇でも、自分たちが生み出したものが後世まで残るというのは、過去の恥ずかしいところも人に見られてしまっているというハンデがありますね。今、堂々としているけど、昔はこんな感じだったんじゃん、と。

相手のことをきちんと見る

西　でも、小林さんが堂々としない理由は見つかりませんけどね。

小林　へっ？

西　小林さんが堂々としていなかったら、ほとんどの人が堂々と生きられないと思います。こんなかっこいい人が。

小林　へーっ？（と声が裏返る）

西　そう思いません？

長塚　僕は一緒に舞台をやったから、聡美さんがなんとか自分で自分を後押ししてやっているところもあると知っています。それでも、やはり堂々としていると思う。聡美さんには強さを感じるから。もちろん、一緒にやるなかで、シーンによっては、「今日は大丈夫ですかー？」みたいな瞬間もありましたけど。（笑）

小林　えっへへへ。

西　えー、想像できひん！

長塚　それって聡美さんが相手をきちんと見ているからだと思うんですよね。ちゃんと相手に寄りかかって立っているから、相手が急にグラグラすると共倒れしそうになる。聡美さんは、そういうところがあるというか、そうしているというか。舞台向きだなあと思います。

西　それは、舞台向きなんですか？

長塚　舞台はやっぱり、相手のことがしっかり見えていないとダメなんです。

小林　はあ……。

西　そういうことを繰り返すというのは、精神の鍛錬ですよね。

小林　舞台を中心にやっている人は、鍛錬されていきますよね、きっと。逆にいつまでも慣れない人っているんでしょうか。私みたいに。私は慣れたかな、と思うとしばらく舞台にご縁がなかったりするので、毎回、舞台が怖いという印象になる。

長塚　継続していないと怖いですよ。僕の場合は、テレビドラマがそう。めったにやらないから、久々に出演が決まったりすると大変ですもん。カメラが目の前にあるとか、知らない人と突然顔を接近させたりとか……無理無理！　って。じっくり関係性を作り上げていく芝居の稽古に慣れちゃったから、一瞬にして距

小林 離を縮めるのは難しいと思っちゃう。

長塚 繊細ですね～。私はたぶん根が次女気質で、普段グイグイ行くほうではないから、そういう仕事のときとかは、かえってふてぶてしくなれるんだと思う。カメラがあっても「あ、カメラあるのね、それがどーした」みたいな。

小林 それはだいぶ、堂々としているじゃないですか。

長塚 堂々としてるように見えるだけです。普段はできるだけ密やかに壁沿いを歩いてますから。(笑)

しゃべらない人は嘘つかない

西 私は「我が強い」ところが、めっちゃ恥ずかしいです。

小林 うらやましいですよ、我が強いって。そういった意味では長塚くんって、ミステリアスですよね。書くお芝居は、わーっとくるものがあるけど、ご自身はなんか飄々《ひょうひょう》としていて。

長塚 いや、僕は今、聡美さんのこと考えてたの。

小林 お。なんだ?

長塚 正しいかどうかはわからないけど、「太鼓の達人」ってゲームあるでしょう?

小林　音楽に合わせて正確なタイミングでドン！　と叩くゲーム。ああいうのが、聡美さんは感覚的にわかっているんじゃないかな、と思うときがある。たとえば演出家が思っているところをピタッとわかっているような、そんな気がする。合ってるのかどうかはわからないけど「たぶん、こういうことなんだろうな」と思ってやると、ダメ出しされないし、注文されたりもしない。逆にあんまり言われないから、「私、これでいいのかな？」って不安になるけど。

西　思いやりの心があるんでしょうね。人を見るってそういうことですもん。

小林　じっと見ること——間違い探しとかすごく得意です。動体視力もすごくいいみたい。（笑）

西　物理的な視力じゃなくて、心眼的な視力があるってことですよね、きっと。

小林　でも、見るのは得意だけど、しゃべるのはあんまり……。

長塚　たしかに。芝居の稽古でディスカッションしていたときも、観察者だった。なるべくしゃべらせようとするんだけど、うまい感じでかわされちゃう。

西　しゃべらない人って、嘘つかない。私、みんなでしゃべっているときに、ノリでうなずいちゃうことが多いんです。そんなに同意してへんのに、「わかるーっ！」とか言って。そういうとき、しゃべらない友人は絶対にノリで同意しないし、「私はそうは思わない」と、はっきり言う。

長塚　へえ、面白いね。

西　そういう友人の態度に私、胸を打たれて、自分はなんて汚いんだろうと。そこから、とにかく正直であろうと思うようになりました。「わかるーっ！」とノリで言っちゃっても、「今自分、嘘ついたな」と心の中で認めていたらそれは正直やと、どんどんハードルを下げて。セコいんですけど。

小林　自分の発言には正直でありたいけど、なかなか難しい。そのハードルを下げるワザを教えてほしいです（笑）。今日のテーマである「堂々と生きる」ためには、正直であることが大事なんですね。

長塚　僕は、自分が正直になれる仲間を探していますね。

小林　ああ〜、それ大事大事。

長塚　そういう人が増えていけば新しい地平も見えてきて、もっと正直になれるかもしれない。

西　今、めっちゃいいこと言いましたね！

小林　自分が正直だったら、周りの人の意見を気にする必要もない。

長塚　また、意見が気になる仲間と仕事するのも面白いよね。

小林　なるほど。そういう正直さっていいですよね。自分に対しても相手に対しても堂々と生きていくって。精進します！

俳優という職業に向き合う

加瀬 亮

前田敦子

かせ・りょう

一九七四年神奈川県生まれ。二〇〇〇年映画デビュー。〇七年「それでもボクはやってない」で数々の映画賞を受賞。近年の出演作に「三月のライオン」「沈黙―サイレンス―」「海街ｄｉａｒｙ」「アウトレイジビヨンド」ほか（写真左）

まえだ・あつこ

一九九一年千葉県生まれ。ＡＫＢ48の中心メンバーとして活躍し、二〇一二年に卒業。〇七年、映画「あしたの私のつくり方」で女優デビュー。近年の出演作に「くれなずめ」「奥様は取り扱い注意」ほか（写真中央）

一四歳から中身は何も変わってない

小林　私と前田さんは初対面ですが、加瀬くんと前田さんは？

前田　おふたりとも初めましてです。

小林　あら意外ですね。加瀬くんは、ほぼすべての人と共演しているというイメージが。

加瀬　してませんよ。（笑）

小林　前田さんは今、二四歳？

前田　はい。今年二五歳になります。

小林　あの、犬がたくさんいるというお話は、ご実家ですか？

前田　あ、そうです。私の家にも猫が三匹いますけど。

小林　へー、三匹！

前田　実家には猫が八匹と犬が六匹います。

加瀬　そんなに！

小林　すごいですね。誰が面倒見ているんですか？

前田 お母さんです。お母さん、動物がすごく好きなんです。

小林 すごいなあー。え、お母さんって五〇代……？

前田 ちょうど五〇歳ですね。

小林 ハッ！　私とおんなじ。

前田 えー！　そうなんですか。まったく見えません！

小林 いえいえ。加瀬くんは？　もう、四〇歳になりましたよね。

加瀬 四一歳です。

小林 じゃあ今日の鼎談は二〇代、四〇代、五〇代が揃い踏みということで。前田さんはお仕事を始めて、一〇年ぐらいになりますか？

前田 はい、そうです。一四歳から始めました。

小林 私も一四歳から始めたんですよ。

前田 そうなんですか！　じゃあもう……。

小林 ええ、かれこれ三七年。何周年リサイタルとかやらないから知られてないですけど（笑）。でも中身はぜんぜん変わらない……。経験を積んできてはいるけど、俳優を始めたときの自分の内面とか姿勢とか、価値観というのは、まったく変わらない気がするんですよね。

加瀬 そうですね、最初から変わらない気がします。

小林　私が二〇代の頃は、今の私ぐらいの年齢の先輩方は大変な大人に思えて、話しかけてはいけないんじゃないかと思ったり。でも、実際自分がその年になってみると、中身は変わらないのに、先輩として遠巻きに見られて、「別に私も仲間に入れてもらっていいんだけどなー」という感じ。だから、あの頃の先輩たちもそう思っていたのかなって。だったらもっとグイグイいけばよかった、そうしたらいろいろな話が聞けたのに、と思います。

前田　そう言ってもらってうれしいです。実は昨夜、今日の鼎談で何をお話ししたらいいのかと、緊張しすぎて眠れなかったので……。

小林　えー！　緊張なんてしなくて大丈夫ですよ。なんせ、一四歳から中身は何も変わってないんだから。（笑）

前田　ありがとうございます！

「私、アイドルだしなあ」

小林　でも私、三七年という年月は長いけれど、圧縮すると経験の濃さという点では、前田さんや加瀬くんより少ない気がします。

加瀬　そんなことないでしょう（笑）。僕は役者を始めたのが二〇代半ばと遅かったから、オファーが来たら何にでも挑戦するという時期が一〇年ぐらいありました。バイトしながらだったので、早く役者だけで生活できるようになりたいと、がむしゃらになって。

小林 へえ～。バイトって何を？

加瀬 ガソリンスタンドや建設現場。どの現場も知らない世界だったので、最初は面白かったですよ。

小林 なるほどね。前田さんは、最初から俳優志望だったんですか？

前田 そうですね。歌って踊りたいとは思っていませんでした。AKB48も、最初は劇場で何かをやるとしか聞かされていなくて、お芝居かもしれないとも言われていたんです。それでオーディションを受けてみたら、あれー？　って（笑）。そこから怒濤《どとう》の日々が始まってしまい、何も考える暇はありませんでした。

小林 でも、楽しかったんですよね、たぶん。

前田 楽しかったです！　もう、私もがむしゃらでしたね。

小林 AKBをやりながらも、女優のお仕事をやっていらしたでしょう。それはどうでしたか？

前田 正直言って、実はすごくやりづらかったです。俳優さんたちのなかで、自分がどう振る舞っていいのかわからなかった。自分に対して偏見を持っていたんで

小林　す。「私、アイドルだしなあ」って。アイドルというものについて、自分で偏った見方をしていた時期があったんですね。やめてから、アイドルだったことを大事にしていこうと思えるようになりましたが。

加瀬　すごい大人ですね、そんな短期間で。加瀬くんは最近、ほんとに役の幅が広がりましたよね。

小林　一時期、イメージが固まってしまって。

加瀬　どんなふうに？　いい人ふうに？

小林　いい人ふうに、です(笑)。それで違った役もやりたいなと思った頃に、いくつかブチギレるような役が来たので、あえて積極的に受けました。

前田　それ、わかります。でも役者ってなぜ、それまでとは違うことをやりたいって思うんでしょうね。前田さんは、いかがですか？

小林　私は今いろいろな役をやらせていただいている時期なので。監督さんたちがアイドルというイメージを壊そうとしてくださっているんだと思います。

前田　それはありがたいですね。

加瀬　楽しませてもらっています。

だけど、僕はさらにその時期を過ぎたら、もう「ありのまんまでいいかな」というふうに、最近はなってきました。

小林　たしかに経験してきたことなどが体に染みついてきて、「自分はこうなんだな」というのをなんとなく自覚し始めると、役も自分に引き寄せられるというか。演じるなかで、自分を極端に変えなくてもいいようになってきた、という感じがします。

加瀬　あ、それはたしかにそうですね。以前は頑張って、役に近づかなくてはと思っていたのが、最近はストン、と受け取れる気がします。

小林　それは素直になったということもあるんじゃないか？

加瀬　ひねくれていましたからね。（笑）

前田　そうなんですか？

加瀬　以前、別の対談企画で、聡美さんに「ひねくれてる」と言われて。（笑）

小林　こだわりがあるというか、自分の考えを強く持っているというのが、加瀬くんの面白いところで好きなんですが。

加瀬　ま、たしかに嫌いなことはハッキリしてますけどね。（笑）

小林　たとえばどんな？

加瀬　アクの強い芝居とか。自分が見ていて嫌だなと感じることは、やりたくないですね。

前田　私は加瀬さんみたいに、「自分はこう」と言えません。一生言えないと思いま

小林　す。言えないというか、たぶん自分の考えがないんですね。
加瀬　素直、素直！
小林　実はそれが最強かも。（笑）
私も前田さんと同じで、自分の考えとかはあまり主張しない。基本的に、求められているものを表現しようと思うし。「なんか違う」と思っても、反論しないでひとまずやってみて、見てもらおうと。言ったほうが相手にわかりやすいのかもしれないけど。
加瀬　僕は両方やってみたことがあるんですけど、正解がわかりません。素直にやったからよかったかというとわからないし、じゃあ、監督と討論したからよくなったのかというと、それもよいときと悪いときがありました。
小林　プロセスも大事だけど、結局はできあがったものがどうかってことなんですよね。
加瀬　現場が楽しいほうがうれしいけど、できたものがいいほうがうれしいですよね。もちろん、現場が最悪で、できたものがいいというのは稀《まれ》だと思いますけど。（笑）
小林　結局演じるって、何でしょうね？
加瀬　最近、「本当の自分自身になる」みたいな感じかも、と。

小林　へー。それはどういう？

加瀬　普段の社会生活ではそれなりに自分を抑えている部分があるわけですよね。だからたまに、役のほうが素直かな、という感じがします。セリフは自分自身の言葉ではなかったとしても。

小林　普段は出せない自分を、役を通して出せるとか？

加瀬　そんな感じですかね。以前やった作品で、あるセリフを言ったときに「あ、こういうことが言いたかったんだ」と感じたことがあって。それはすごくよかったです。

小林　面白いですね。でも、そういうのって、しょっちゅうはないですよね。

加瀬　ええ。でもやっぱり、意識的でも無意識的でも、自分のなかにないものはできない。表面的にはできるかもしれないけど、結局、内からは何も出てこないと思います。

小林　前田さんはどう思われます？

前田　私にふらないでください！　もう、先輩たちすごいなって聞いてるしかないですよ。（笑）

舞台は一生やりたくない⁉

小林　前田さんはこれまで舞台にも出られてましたよね。

前田　はい、二本です。演出家は一つが蜷川（幸雄）さん。もう一つが岩松了さんです。

加瀬　すごい。（笑）

小林　いきなり強烈な濃い〜やつをやっちゃったみたいな（笑）。どんな感じでしたか、その濃いお二方とやってみて。

前田　蜷川さんは、厳しい方というイメージがあって少し身構えていたのですが、実際には優しかったです。珍しい体験だったのかもしれませんが。（笑）

小林　それはほんとに前田さんがよかったからですよ、きっと。で、そういう蜷川さんの座組で舞台に立ってみて、どういう感じでしたか？　映画とかＡＫＢのステージと違う感じがしました？

前田　舞台って、すごい独特だなあ、と思います。

小林　わかる。ある意味すっごい、地味ですよね。

前田　そうですよね。一歩一歩、着実な感じがします。

小林 自分のことは自分で全部、面倒見るというか責任持つというか。

前田 自分の出番に間に合わなかったら自分の責任。普段がいかに恵まれた状況かわかります。

小林 加瀬くんはどうなんですか、舞台は。

加瀬 僕は、あまり好きじゃないです（笑）。二回やったことありますけど。

小林 それはなぜでしょう。同じことをやり続けるのがつらい？

加瀬 本当に好きな戯曲とかであれば違うのかもしれませんけど……。

小林 映画やドラマだと、ある程度日常的な空間のなかというか、自分の立ち位置がわかるんだけど、舞台って目の前が客席だし、なんかいちいち動きが大きいし。どこまでやっていいのかが難しい。私も舞台の経験はあんまりないんですけど、舞台ってそこがほんとに謎です。

加瀬 舞台は観るのもあんまり得意ではないですね。疲れちゃう感じがして。

前田 でも、蜷川さんの舞台のとき、私はもう一生やりたくないと思いました。

小林 えー、なんで？

前田 どうしたらいいのかわからなくて。毎日同じことをしていたら、もっとわからなくなってしまったんです。誰に助けを求めたらいいのかわからないし、ああ、自分ひとりなんだ、と思って。映画の場合、撮影の途中で止めたりすることもあるじゃないですか。でも、舞台は本番が始まってしまうと、ノンストップ。毎日、朝の四時に泣いてました。

小林　朝の四時に⁉

前田　共演している先輩に電話して、「私、どうしたらいいんですか？」と。

小林　優しい、その先輩！

加瀬　朝の四時には普通、電話に出ませんよね。（笑）

小林　私だったら電源切ってるし（笑）。じゃあ、その一生やりたくないと思った舞台から、次の舞台に出演するまでには、どれくらいあいたんですか？

前田　一年後に、岩松さんとやらせてもらいました。でも、そのお芝居はすごく淡々としていて。「あ、こんなのもあるんだ。蜷川さんのときとは全然違う」と。そこから、冷静にいろいろな舞台を観に行くことができるようになった。それまでは、舞台をあまり観に行こうとも思わなかったですね。

役から知った本当の自分

加瀬　僕が今までの企画で一番悩んだのは、山田太一さんの台本でした。『ありふれた奇跡』という初めての連ドラだったんですが、もう撮影前日まで、この役は

小林　意味がわからないと思って。
加瀬　あはははは！
前田　それも理由があって。「まあ、こういう感じだろう」と思って本読みのときにやってみたら、みんなの視線で、なんか違う⁉　とわかったんです。
加瀬　視線で⁉
前田　みんなの発言がちょっと僕を慰めるような感じで（笑）。「恥ずかしい」と思ったけど、明日から撮影だと考えたら、もう震えが止まらなかったです。
加瀬　それで、そのあとはどうしたんですか？
前田　もうわからないままやりました。だから最初はぎこちなくて、まあ動き始めたらなんとなく、わかり始めたというか。過去に自殺未遂をしたことがある青年役だったんですけど、「なぜそんなことで自殺するかな」という疑問がずっと頭からとれなくて。いや、頭ではわかっているんですけど、気持ちではわからなかった。それでずっと自分の心と結びつけられる何かが見つからなかったんです。
小林　つらいね、それは。
加瀬　でも、だからこそ、その役から発見したというか、学んだことはとても大きかったです。

小林　それはどんな？

加瀬　すごく優しくて、最終的には強い青年だったのですが、それが逆に鏡のようになって、いかに自分はそうじゃなかったかということがわかりました。

小林　すご〜い、加瀬くん！　成長したあ！

加瀬　成長しましたかね？（笑）

よく頑張った、と自分をよしよし

小林　ところでみなさん、自分で自分を褒めるときってありますか。

加瀬　まだそこまで頑張ったことがないかもしれないです。

小林　えー、そんなことはないでしょう。自分に厳しすぎるんだと思いますよ。

加瀬　でも最近、お父さんが哲学者という若い俳優さんと共演したのですが、彼が小さいときに「アイデンティティって何？」と聞いたら、お父さんが「自分で自分を認めることだ」と教えてくれたというんです。その話を聞いて「あ、自分で自分を認めることとか」と。それは仕事以外でも、今聞いておいてよかったと思いました。自分を褒めるまではいかないけど、認めることはやっていこうと。

小林　へえ〜。

加瀬　そうすると、日常で自分の行動も「あ、これをやると、どちらかというと自分を嫌いになる方向にいくな」とか「こっちをやっといたほうがいいな」とか。そう思うようになりました。

小林　でもそれを、四〇代からできるってすごい。私も、なかなか自分を褒めてあげることができない。

前田　えー、なんか意外ですね！　私、小林さんってずっと明るい方、ポジティブシンキングな方というイメージでした。

小林　違うんですよ、それが。でも五〇代は、自分をどんどん褒めてあげようと思って（笑）。前田さんもときどきやったほうがいいですよ。よく頑張った自分をよしよしって。

前田　「頑張ったね」はいいかもしれないですね。自分で自分を褒めるのは難しいですけど。

加瀬　僕も難しいです。自分を責めるタイプだから。（笑）

前田　今日、お話を聞いてすごい前向きになりました。先輩たちがこうやって赤裸々に語られているのが、すごく救いになった。悩んでいるのは私だけじゃないんだと。私も今、自分はこの仕事に向いてないんじゃないかと思いがちで。

小林　あー！「向いてないんじゃないか病」ですね。私もずっとそうだった。

加瀬　僕も、自分が向いているとは思ったことないですね。

前田　私はすごくマイペースに見られがちなのですが、いろいろ考えちゃう癖があって。自分にはひとりでモヤモヤして、変に焦っている部分があるなと思うんです。何に焦っているのかもわからないのですが。

小林　それは「二〇代焦り病」です。

前田　これも病気なんですね。（笑）

加瀬　三〇歳を過ぎたら結構、もうどうでもよくなるというか。

小林　そう、二〇代は〝自分、どこに向かってる？〟って感じだけど、三〇代になると環境や付き合う人も変わってきて、視野が広がって、なんかもう「なんでもありねー」みたいになって、ゆったりできるようになりましたよ。

前田　そうか。じゃあ私は今、仕方ないんですね。

小林　そう、二〇代は仕方ないんです。「がむしゃら病」で頑張ってください！

なぜ、まねるのか？

江戸家小猫
南伸坊

えどや・こねこ

一九七七年東京都生まれ。動物ものまねで知られる四代目江戸家猫八の長男。二〇〇九年、立教大学大学院に在学中、「そのうち小猫」と名乗り舞台修業を始める。一一年に二代目江戸家小猫を襲名。寄席での活動を続ける（写真中央）

みなみ・しんぼう

一九四七年東京都生まれ。私塾「美学校・赤瀬川原平教場」修了後、漫画誌『ガロ』編集長を経て、イラストレーター、エッセイスト、装幀家として幅広く活躍。『本人の人々』『歴史上の本人』『本人伝説』ほか著書多数（写真右）

絶滅危惧種でございます⁉

小林　私、寄席が好きでよく伺うんですけれど、最初に小猫さんを見たときの衝撃は忘れられませんね。私のなかで小猫さんというと、やっぱり先代の、お父さま（四代目江戸家猫八）のイメージがあって。あるとき舞台にお父さまであるその猫八さんと一緒に出てこられて、「……誰？　この人」と、目が釘付けになりました。そしたら、「息子です」。えー！　息子さん？　とビックリ。あの、パッと見、お顔のタイプがぜんぜん違いますよね。（笑）

小猫　やっと最近、寄席のお客さんには馴染んでいただけましたが、僕がこの世界に入りたての頃は、父が先に舞台に出て、「今日は息子が来ているので、一緒にやります」と。そのあと僕が袖から出て行くと、当時はそれだけでどよめいて。

小林　そう！　まさに、どよめいていました。

小猫　まだ若い小猫のイメージがある父から、まさかこういう濃い顔の、しかもこんなに年とった息子が出て来るというのを誰も想像しなかったようで。

南　小猫じゃなくて、もう成猫になってるじゃん！　って。（笑）

小林　そもそも小猫さんは、始められたのがどうしてそんなに遅かったんですか？

小猫　実は僕、高校卒業前にネフローゼ症候群という病気にかかりまして、二〇代は丸々自宅療養していたんです。三〇歳ぐらいからようやく将来のことを考えられるようになって、三四歳でデビューしたのが五年前。

南　へ〜。すごくお元気そうなのにね。

小猫　おかげさまで、今は少し薬を飲むぐらいです。

南　大変でしたねえ……。ところで江戸家のお家芸は、おじいちゃんが始められたんですよね？

小猫　初代はひいおじいちゃんです。明治の末ぐらいからこの世界でやり始めました。もともとは歌舞伎役者で、女形をやっていたんです。

小林　へえ〜！

小猫　でも体を壊して歌舞伎の世界を断念。その後、山梨県の甲府の山に入って、炭焼き小屋で働きながら鳥の鳴き声なんかを勉強して、それでまた東京に戻ってきたらしいです。神社で動物の鳴きまねをして人を集め、飴を売る商売をしていたら、寄席のスカウトマンのような人の目にとまったと、文献にあります。

小林　スカウトされたんだ。

南　でもそれ以前から、動物のまねをするっていう芸はあったんでしょうね。

小猫　ありました。「猫八」というのは、もともとは職業の名前だったらしく、『広辞

小林　苑』にも出てきます。辞書によって多少違いますが、「門に立って猫・犬・鶏などの鳴き声をまねて、銭を乞い歩いたもの」と。

南　へえ、面白いですねえ。

小猫　初めて聞いたねえ。お弟子さんとかはとらないんですか。

南　初代にはお弟子さんが何名かいたそうですが、そこから祖父、父へとつながってくると、江戸家イコール親子代々の芸というイメージが定着したのか、物まね芸の弟子志望者はゼロです。

小林　お家芸だから、他人が行っちゃいけないと思われてるのかな。

小猫　実際はどうなんですか？　もし、弟子志望の人が来たら。

小林　さすがにもう、弟子をとることはないと思います。ここまで親子代々で続けてきたので。

小猫　失礼ですけど、小猫さん、ご結婚は？

小林　独身です。それが今、江戸家にとっては死活問題。絶滅危惧種でございます。

小猫　それはピンチですね。結婚相手、斡旋《あっせん》しないと。（笑）

よろしくお願いします。

「意識化できていない何か」を抽出して

南　小猫さんのお宅は、代々〝動物まね〟できているわけですけど、この仕事を継ごうとか、継ぎなさいと言われたことは？

小猫　生まれ育った環境がこうでしたから、なんとなく、いずれ自分もまねるのかな、というのはありましたね。でも、父も祖父も、僕にこの仕事を継いでほしいと言ったことはないんです。

小林　子どものときにおじいちゃんやお父さんがやっているのを見て、どうでした？

小猫　指笛などは単純にびっくりというか、かっこいいと感じました。お客さんがワーッと大喜びして沸くのを横で見ていて、すごいなと。

南　孫としてうれしい。

小猫　はい。基本的に動物の物まねって、ばかばかしいと思う人もいると思うんです。でも、親がそういう芸をやっていても、僕は一度も親のことを馬鹿にされたりしたことはないですね。

小林　物まねができる人って尊敬されますよね。みんな好きだし、喜ぶし。でも、なんでみんな、物まねが好きなんだろう。

南　物まねの面白さを知るのって、子どものときですよね。

小林　ええ、そもそも赤ちゃんが言葉を習得するのも、物まねから始まるわけで。人間の喜びの根源みたいなものがあるのかも。

南　昔、ワールドミュージックのコンサートで中国の奥地のほうの民謡聞いてて、今ならまねできる、今すぐまねしてえーって思った。

小林　あ～！　わかる！

南　すぐならできる、すぐやりてえーって（笑）。こういうのって、人間がもともと持っている欲求なのかもって思うんだけど。

小林　それにしても、仲坊さんがおやりになる顔まねも、すごいテクニックですよね。オノ・ヨーコさんとかスティーブ・ジョブズとか、どう見ても仲坊さんとは顔の形やパーツの配置がまったく違う人に、よく似せていくなあといつも感心します。

南　いちおう、努力……。（笑）

小林　やっぱり顔を絵画的に捉えているんですか？

南　似顔絵も同じなんですが、みんなが気づいていないけど実は認識している特徴、ってのがあるんですよ。たとえば、「丸顔」って言葉で言うけど、実際はまん丸じゃない。言葉で要約しちゃう前の、まだ意識化できていない特徴を探す。

小猫 それをうまいこと見つけられると、「なんだかわからないけど、似てる！」って言ってもらえる。だから、誰かが一度まねしたものを物まねするのはわりと簡単なんです。

南 はい。それはおっしゃる通りだと思います。

小林 それは最初に物まねした人が、その「意識化できていない何か」を抽出したからですよね。

小猫 なるほど〜。

小林 僕自身は、たしかに物まねしているんですけど、「まねするのは嫌い」という感覚です。たとえば、テナガザルの鳴きまねでも、いろんな動物園のテナガザルの声を聞いてそこから平均値を見つける。個体によって鳴き方のリズムが若干違いますが、平均値をとっていくと、「テナガザルとしての平均」が見えてきて、それを追求したくなるんです。だから、まねするのとはちょっと違う。自分自身がテナガザルになりたい！　という、そういう感覚です。

小猫 本当にもう、小猫さんの芸はそんな感じですよね。まねというよりも、憑依《ひょうい》型の芸っていうか。

小林 そうなんですよね。動物園のイベントでは、その動物園にいるテナガザルをあえてやることもあるんですけれど、基本はそうではなく、自分自身のテナガザルをやりたいというか。

南　いいね〜！　自分自身のテナガザル！

小林　仲坊さんのも、なんと言ったらいいんだろう、現代の生人形《いきにんぎょう》？　あれも完全に憑依ですよね。

南　形が変わると自分も変わるんですよ。周りの人が変えてくれるってこともある。一番すごかったのは西郷隆盛になったときですね。

小林　なんですか、その「一番すごかったとき」というのは。（笑）

南　西郷隆盛になりに、鹿児島に行ったんですよ。

小林　鹿児島まで！

南　歴史上の人物になって、ゆかりの地で自分の歴史を思い出すっていう企画なの（笑）。空港でタクシーの運転手さんにワケ話して、「今日一日付き合って」って言ったら、「いいですよ〜」ってすっごいフランクな人でね。で、ホテルで西郷さんの軍服着て、なかにタオルとか入れてね、こーんな太い眉毛にして、ロビーで待っている運転手さんのところに戻ったんです。そしたら運転手さん、いっぺんにカタくなっちゃって。さっきまでのフランクさと全然違う。

小林　わ、西郷さんが来た！　と。

南　その後、すっかり無口になっちゃった。（笑）

小林 それ、西郷さんだからじゃなくて、わー、このオジサンほんとに変なことやってる、と怖がられたんでは？

南 あはは、でもワケは言ってあるんだよ。で、西郷さんのお墓に行ったら、今度は境内を掃除しているおじさんがね、僕が車降りたとたんにピキッてかたまっちゃった。

小猫 よほど似てらしたんでしょうね。

南 ていうより、鹿児島の人たちにとって西郷さんって、僕らが思ってる以上にものすごいんですよ。ちょっと形が似ているだけで、それはもう「西郷さん」だから。

小林 えー！　そうかなあ。（笑）

南 そういう反応をする人たちに囲まれていると、こっちもどんどん西郷さんになっちゃう。地位が人を作るとか言うじゃない。周りの人の扱い方で社長なら社長らしくなっていく。俳優さんの演技もそういうところがあるんじゃない？

小林 たしかに、そうですね。結局、俳優も物まねに通じる。自分がイメージするものに近づけるという意味では、演技も広い意味での物まねに入るかも。

究極の共感が生まれると

南　物まねの魅力って、言葉ってのと何か関係があるんじゃないかなあ。

小林　言葉と、というと？

南　つまり、物まねや顔まねは、言葉じゃないから面白いんじゃないかなって。

小林　ああ、なるほどなるほど。

南　言葉を使えれば、言葉で物事を考えたり、捉えたりするようになる。子どものとき、言葉を覚える前にいきなり捉えられていたようなもの、そういうものに対する郷愁が笑いにつながるんじゃないかと。

小猫　わかります。うちも、おじいちゃんの代からずーっとまねしているのは、すべて鳴き声が〝言葉〟になっている動物が軸でした。犬はワンワン、猫はニャーニャー。みんな、そうやって言葉として整理しているんですね。でも、僕が最近やり始めたシマウマやカバの声などは、どうやっても言葉にできない世界なので、そこにギャップがあったと思うんです。だから面白がってもらえるのかなあって。

南　なるほど！　ギャップか。

小猫 あと「子ども」という点では、たとえばホトトギスが鳴くような環境で育った子どもの前でまねをすると、ホトトギスは知らなくても、「あ！　聞いたことがある」とわかるんです。

小林 へえ、面白い！

小猫 動物園で孔雀の鳴き声をやっても、子どもならそれが孔雀とは知らなくても、「聞いたことある！」と反応します。でも大人は、聞こえているはずなのにわからない。だから、僕の芸を見てスイッチが入った方は、今まで耳に入らなかった鳥の声が聞こえるようになったと言ってくださいますね。

小林 不思議〜。

小猫 目は何かを見るときフォーカスをかけて見ますけど、耳ってあまりフォーカスかける人がいないんですよ。

南 音はいきなり入ってきちゃうからね。

小林 そういう珍しい動物の鳴き声をやって、きょとんとされたことあります？

小猫 あります、あります。サイの鳴き声とか一五〇〇人ぐらいのホールでやっても無反応（笑）。でもそれは、「知らない」という究極の共感が生まれたってことですから、そこをちょっといじると、笑いに転じます。

小林 珍しい動物の鳴き声は、どうやって勉強するんですか？　そんなにやたらと鳴

小猫　かないでしょう？

小猫　僕の場合、日本全国の動物園に、何百人も飼育係の知り合いがいて、「うちのサイはよく鳴く」とか教えてくれるんです。ただ、それを聞いて出かけて行くと飼育係も構えてしまって。うちの子の声を聞いてほしい！　と。

小林　あははは！

小猫　動物が感じ取ってしまって鳴かない、ということがあるので、やっぱり三、四回は通わないといけないですね。

南　そういう情報収集は、お父さんもおじいちゃんもやってらしたんですか？

小猫　都内の動物園には通っていたようですが、日本全国の動物園をめぐり歩いているのは僕からです。

小林　それは楽しそうですね〜。

南　いいなあ。芸って、そのまま受け継ぐんじゃなくて、そこに新しいものを付け加えていくから続いていくんですよね。

小林　それに、自然環境とも非常に深い関係がある芸ですよね。

小猫　江戸家の芸がそもそもそうなんです。最近は寄席だけでなく、環境教育の分野でも呼ばれることが増えました。中学校で子どもたちに聴かせるとか。

小林　素晴らしい。じゃあ、後継者問題、ますます真剣に取り組まないと！

小猫　いやー、焦ります。(笑)

鏡を見たら、聖徳太子

小林　ところで伸坊さんは、誰の顔まねから始めたんですか？

南　いや、それが……。別にこんなことしようと思ってたわけじゃないんだけどね。

小林　え。どんなことを？

南　結婚当初、誰かにもらったクマのぬいぐるみが玄関に置いてあったんですよ。メスのクマのぬいぐるみで、スカートをはいてる。どういうわけかそれ、かぶってみたんですよ。

小林　なぜそんなことを。(笑)

南　とりあえずかぶって鏡見たら、聖徳太子なんですよ。僕の頭上にはクマの顔があって、額にはスカートがぴったりとはまり、顔の左右にはクマの足が垂れて……。

小林　あーなるほど、それは聖徳太子ですね！　というか、クマごとかぶったんですね？(笑)

南　そう、クマごと。それで、おーいって、奥さんを呼んだら、見るなり「おー、

小猫　聖徳太子だ！」ってわかってくれて。すぐにインスタントカメラを買ってきた。素晴らしい奥様ですね。

南　写真撮るときにね、ヒゲがあったほうがいいだろうって、眉毛描くやつでピッピッて描いて、笏《しゃく》もあったほうがいいから、靴べらの長いやつを手に持って。そのとき撮った写真、友だちが来たときにチラチラ見せたんです。

小猫　面白いですね〜。

南　編集者の友だちが、面白い、これやろう！　って連載が始まった。雑誌で最初にやったのはチェッカーズ。チェックのシャツとかぐちゃぐちゃに重ね着して、あとは前髪ビローンって垂らすだけ。ものすごくずさんなの。

小林　ずさんですね〜！（笑）

南　どういうわけか、このずさんってのも面白いんですよ。スミからスミまでそっくりに似せるより、多少ずさんなほうがむしろ、面白がられる。似てて面白いって、見るほうの参加ってのがカギかもですね。

小林　実は私も、今ごろ告白しますけど……物まね、すごく好きなんです。

南　あ。できるの？　誰を？

小林　子どもの頃はやっぱり、桜田淳子さんとか定番でしたね。まあそれは、物まねしている人のまねをして喜んでいる程度でしたが……。でも実際、物まね、けっこう得意なんです。

南 わあ、いいねえ～！

小林 小猫さんの動物まねとかもね、寄席の帰りにすぐやりたくなって、裏道とかで友だち相手に絶叫したりして。

小猫 そうなんですか！　それはすごくうれしいですねえ。

小林 今やれと言われると恥ずかしくて無理なんですけどもね。昔は、ひとり『男女七人夏物語』なんてのも……。七人を演じ分けるんですが。

南 すごーい！

小林 最近はもういい大人なので、みんなに引かれるかなーと思って遠慮しているんですけど。

南 男の人のまねもやるんだ？

小林 やりますね。なんでこんな表情するんだろうって。二枚目がまぶしそうな顔をするときとか。つい観察しちゃうんです。

南 わかります、わかります。物まねはまず観察。まさに、なんでまぶしそうな顔するんだろう？　ですよ。なんで？

小林 なんですかね、あの、二枚目がまぶしそうな顔をするっていうのは。

南 昔からそうなってはいるよね。まぶしそうは二枚目がやるもんだって、二枚目は二枚目じゃないやつより早く気づくんだね。言葉にできないものとして、わかってんじゃないかな。

小林　でもときどき、どう見ても二枚目じゃないのに！　って人が……。

小猫　まぶしそうなお顔を。（笑）

小林　さっきの伸坊さんのお話じゃないですが、そういう人も、思い込みで二枚目というポジションに力技でなっていくんでしょうか。私は騙《だま》されませんよー。

センスって、なんだろう

大橋 歩
小野塚秋良

おおはし・あゆみ

一九四〇年三重県生まれ。多摩美術大学油絵学科在学中に、男性誌でファッションイラストレーターのキャリアをスタート。現在は絵本制作や、洋服作り・販売を手がける（写真右）

おのづか・あきら

一九五〇年新潟県生まれ。七三年杉野ドレスメーカー学園卒業後、七四年に三宅デザイン事務所入社。八八年に「ＺＵＣＣａ」を立ち上げ、八九年よりパリコレに参加。二〇一一年に退任するまで同ブランドのデザイナーを務めた（写真左）

温泉客の正装に刺激を受けて

小林　今日は、センスの塊のようなおふたりに来ていただきました。そもそもおふたりは、どういうきっかけでお知り合いになったんですか？

小野塚　ウチの奥さんのほうが先に知り合ったんです。街を歩いていたときに、大橋さんから「あんた、かっこいいわね」と声をかけられたとか。

小林　え、そんな出会いが！

大橋　奥さんがまだ高校生のときだったわね。それがきっかけで彼女のお友だちのひとりが私のアシスタントになって、彼女とも仲良しになったの。その後、小野塚さんと結婚されて。

小野塚　僕にしてみれば、あの『平凡パンチ』の表紙イラストを描いていた大橋さんと知り合えるなんて、夢のような話でした。僕らの世代の男は全員、教科書より『平凡パンチ』。特に僕は、表紙のイラストが信じられないぐらいかっこいい！　と思って、憧れていたんです。いつか大橋さんに弟子入りしたいと思っていたんですけど、僕は絵が下手で。

大橋　いえいえ、そんなこと。小野塚さんの話はよく聞いていたのだけど、実際にお

小林　会いしたのは、小野塚さんがＺＵＣＣａを立ち上げられてからよね。おしゃれでセンスのいい人は、センスのいい人とつながるんですねえ〜。やっぱり小野塚さんは、子どもの頃から着るものに興味があったんですか？

小野塚　いや〜、僕の場合は育った環境が、あまりにファッションとはかけ離れた山のなかだったから。

小林　ご出身は新潟ですよね。

小野塚　そうです。それこそ熊のファミリーが出てきそうなところ。なんにもないところです。

小林　お洋服は、どんなところで買っていたんですか？

小野塚　坂杉っていう、布団も服も、なんでも売っている地元の商店。でも最近、姉から聞いた話では、僕が三つか四つのときに家が火事で全焼したんですけど、そのとき、「僕のお気に入りの服がなくなった」と言って母を困らせたらしい。

小林　それぐらい着るものにこだわりのあるお子さんだった、ということですね。

小野塚　僕自身は、あまりにできすぎた話だから、作り話じゃないかと思っていますけど。家が温泉旅館をやっていまして、宿泊客の服装には相当影響を受けたと思います。当時は客が正装して来る時代で、彼らを見るのは刺激的でした。とはいえ、周りは温泉芸者がいっぱいで、なんだか変な環境で育ちましたね。

小林　温泉芸者さんだっておしゃれでしたでしょう？
小野塚　おしゃれといっても、何というか、独特ですよ。でも僕はかわいがられてね。僕が旅館のお風呂で遊んでいるとき、好きだった芸者さんがお客さんと一緒に入ってきて、すごくショックでした。
大橋　まあ、かわいらしい。（笑）
小野塚　なんでこんな話！　まったくセンスと関係ないね。（笑）
小林　いえいえ、そういうご経験のなかにセンスの源が凝縮されているんですね。

どう感じて、どう表現するか

小野塚　今回のテーマについて、ちょっと考えてきまして……。僕には大好きな落語家がふたりいて、古今亭志ん朝と柳家小三治なんですけど。
小林　私もそのおふたり大好きです！
小野塚　落語って、同じ演目でもある人が演じると素晴らしくて、ある人がやるとただしゃべっているだけになる。僕は、センスってそれかなと思って。その人がもともと持っていたものが鍛錬されて、その人のなかに改めて入り込んでいくと、人にすごい感動を与えるセンスになる。だとしたら、着るものや作るものも似ているかもしれないな、って。

小林　と、言いますと？

小野塚　たとえば、昔は美空ひばりさんの衣装なんてひどいと思ったけど（笑）、今思うと素晴らしい。

小林　そう、素晴らしいんですよ！　小野塚さんとは芸能の趣味がすごく合います。（笑）

小野塚　だって彼らの時代にはスタイリストなんかいなかったわけでしょう。それなのにひばりさんの衣装計画はほんと、ブラボーだった。すべて自分で、それこそ傲慢に自分の気に入るようにして、バーッとステージに出てくる。

小林　その人自身のセンスで。

小野塚　そう。いいとか悪いとかではなく、その人の魅力にピタッと合っていれば、それがものすごいインパクトになるんだと思う。

小林　ほんとですよね〜。

小野塚　残念ながら、ひばりさんのコンサートには行ったことないのだけど、越路吹雪さんのは行きました。僕の姉が「ファッションやっているんだったら、一回ぐらい見ておきなさい」と、二〇代の頃に連れて行ってくれたんです。越路さん、サンローランの何百万円もするドレスをお召しになって。

大橋　当時はオートクチュールですからね。

小野塚　出てきたとたん、「すげー！　かっこいい！」って。あの有無を言わさぬ存在感。あれこそ、センスだと思うな。我々が生きている何十年の間で自分のなかにインプットされる情報量なんて、たかが知れてる。そのなかでどう感じ、どう表現するかは、その人の力がないとできないと思うんだよね。悪いセンスでもなんでもいいんだけど、それがあると面白い。

大橋　なるほど。今までそんなふうに考えたことがなかったけど、たしかにそうかもしれない。

小林　美空ひばりさんとか、華々しい人のセンスというのは強烈でわかりやすいんですけど、普通の人のさりげないセンスというのはどこから来るんでしょう。私、大橋さんっていつも素敵だな～と思って拝見しているんですが、大橋さんご自身は普通の暮らしをしてきたとおっしゃる。でも、私には、かなり普通じゃないように思えるんですが。お洋服とか、やっぱりたくさんお持ちなんですか？

大橋　う～ん……。

小野塚　歩さんはね、たぶん、ものすごくいっぱい着てこられたと思いますけど、そんなにお持ちじゃないのではないかな。

大橋　そうですね、あんまり。今は若い子にもらってもらったり……。サイズが小さいから、着られる方は限られるんですけど。
小林 ものを選んだりするときはどういう基準で？
大橋 自然に「こういうものがいい」と思うようになってきました。その好き嫌いの基準が一般的かどうかはともかく。
小林 なるほど、その〝自然〟な基準がカギなんですね〜。
大橋 私も三重県の田舎で育ったんです。それでまあ、なんというのか、コンプレックスがすごくありましたね。東京の大学に入ったときに、かっこいい人たちがいっぱいいて。やっぱり素敵だな〜と刺激を受けて、でも超えることができないぐらい、みんなすごかった。
小林 その、かっこいいファッションってどんな感じだったんですか？
大橋 たとえば、私がかっこいいと思っていた女の子は、ルックスというかスタイルもよかったんですけどね。小さな顔に小麦色の肌、長い黒髪、男の子用のVネックのセーターをその当時、前後ろに着て。タイトスカートにデザートブーツを履いていましたね。こんな格好があるんだ、と。
小野塚 一九六〇年代ですか？
大橋 六〇年代初頭です。まあ、そういう子もいれば、実家が高級な仕立屋さんという人もいて、すごい洋服を送ってもらっているんですよ。たとえば、ステンカラーのコートに裏が全部タータンチェックの……なんていうの？　あれ。裏がこう仕立ててあるやつ。

小野塚　ああ、それは「どんでん返し」っていうんですよ。

大橋　なるほど。端っこ全部、返してあるから。

小野塚　そうそう。(笑)

大橋　とにかくそういうものが、私にしたらもう、すごい〜って。

小野塚　六〇年代なんて、ものがなんにもなかった時代ですよね。

大橋　そう。既製品がなかったから、親とかお姉さんに作ってもらう時代でした。

小野塚　ジーパンだってありませんでしたよね。東京に出ればいっぱい売っていると思ったら、ないんですよ。だから、ちょっとしたものが手に入るだけで最高にハッピーになった。

小林　でも、ものがないからこそ、その人自身のセンスがはっきり出るという部分もありますよね。

大橋　そうね。

小野塚　当時はデザイナーと一般の人との差がすごくあった。一般の人はものがないからおしゃれではない。デザイナーと呼ばれる人たちは、いっぱい持っている。だから街に出ると、すごく目立って。でも、今は逆にデザイナーのほうが地味

で、一般の人のほうがおしゃれ。一流デザイナーは忙しくて、おしゃれなんかしている暇がないのかもね。（笑）

かわいいものっていいね

大橋 私たちの時代は生地を買ってきて、『装苑』とか型紙付きの本を見て、これを作って、と。

小野塚 そうそう、そういう時代でした。

大橋 だから、いろんな人がいて面白かったんです。今みたいに既製品が多いと、みんな似たような格好になってしまうけど。

小林 私も子どもの頃、母に『装苑』や『ドレスメーキング』といった本の型紙でワンピースを作ってもらったりしていました。同じ型紙でも生地の感じなんかで個性が出て、けっこううれしかったのを覚えています。

小野塚 ものを大切にする時代でしたよね。帰ってきたら服にブラシをかけて、プリーツスカートなんか布団の下に敷いて。

小林 私も制服、やってました。（笑）

大橋 それをしている人って、今は少ないですか？

小野塚　もう化石ですよ。(笑)

大橋　私と小野塚さんは一〇歳違うから、若いときに過ごした環境もちょっと違う。

小野塚　僕は一九五〇年生まれだからわかりやすくて、二〇代を過ごしたのは七〇年代、三〇代は八〇年代でした。

大橋　私の二〇代は六〇年代ですが、いろんな人がいて、人を見ているのが面白かった。なかなか激しい時代だったし。

小野塚　東京オリンピックとか、ビートルズがキター！　とかね。

大橋　私、ビートルズのコンサートに行きました。

小野塚　え！　うらやましい！

大橋　ずっと後ろのほうで遠くから見るような席でしたけどね。

小林　やっぱりビートルズは、すごかったんですか。

小野塚　そりゃあすごかったよ。毎日がビートルズ！　僕は一〇代で、一番クソガキのときだったね。

小林　新潟でビートルズ聴いて。

小野塚　そう。畳の上でジャカジャカジャカッて。(笑)

大橋　あははは！　私が中学生のときは『それいゆ』のジュニアバージョンが全盛期でしたね。たぶん、あの本との出会いが、洋服なんかをいいなと思う始まりだった。暮らしについての記事もあったんです。素敵な人の暮らし方とか、こうすれば小さなお部屋もよくなります、みたいな。

小林　イラストで？

大橋　そう、イラストで。それがかわいいものっていいね、と思ったきっかけだったのかもしれません。でも、イラストを描き始めたのは、大学が絵を描く学校だったのでなんとなく。あとは……こんなこと言ったら怒られるけど、私が通っていた当時の多摩美術大学っていうのが、一所懸命遊んでいる人が多くて。逆にそれがよかったんですけれども。

小野塚　いい学校じゃないですか。

大橋　いいでしょう〜。大学の男の子たちのファッションがほんとにかっこよかったので、それを描いてみたのが始まりでしたね。

小野塚　「着る」ことへの関心って、人間に備わっている本能のひとつなのかもしれないね。たとえば、インドやアフリカに行くとめちゃくちゃかっこいい人たちが、いっぱいいる。彼らはファッションの流行がどうだなんて、考えていない。だから、彼らはあんなに美しいのではないか。

大橋　うんうん。

小野塚　だってインドに行くと、アクセサリーをジャラジャラ身につけたまま道路工事してたり。もう全財産持ってないと盗まれる！　って感じで。それがまたかっこいいんだよ。

小林　全財産！（笑）

小野塚　その人にピタッとはまっていれば、アフリカだろうが日本だろうがかっこい い。はまっていないとかっこ悪いんだと思う。

小林　はまらない人は、なぜはまらないんでしょう？

小野塚　興味がないからですよ。

小林　自分に、ですか？

小野塚　そう。自分が着ることを面白がっていないという意味でね。着ることを面白がって、興味がある人は、アフリカの奥地にいようが、かっこいい。

大橋　うんうん。あと、今ふと思ったのは、アフリカでもどこでもね、おしゃれをして自分をアピールするというのは、たとえば、自分を素敵に見せて、この人と……って、基本的にはそういうのがあるんじゃないかと。違う？

小野塚　（小声になって）そうですよ。絶対にそう、セックスです。

小林　子孫を残さなきゃと。

小野塚　おしゃれの基本なんてそれしかない。動物だってそうじゃないですか。鳥のオスとか、すごくきれいなのがいたりする。人間の場合は、それが男女に平等にあるんじゃないかしらね。まあ、女の人のほうが、自分をよく見せてアピールしたいという意識は強いかもしれないけれど。

小林　でも最近は、人間の男の子もすごくおしゃれに興味を持ち始めましたよね。

小野塚　だけども、セックスには興味がないらしい。面倒だから女の子とは付き合わないとか。なんだ、こいつらって思うよね。

小林　先日、福井に行ったんですけど、そこで〝男子旅〟というのをたくさん目撃しました。男同士、ふたり組とか。

小野塚　うちの甥っ子の話では、普通のことらしいですよ。

大橋　それはふたりが恋人同士とか、そういうんじゃなく、友だちとして？

小野塚　そう、友だちとして。お金使いたくないんですって。男同士で行ったら、お金使うのは自分の分だけですむじゃないですか。

大橋　へえ〜。そのほうがサッパリとしていいのかもね。

小林　でも、そうなると、異性へのアピールでもあるセンスというのが鈍感になって、ダサい人たちがどんどん……。

小野塚　そうだと思うよ。さっきのセオリーから言ったら、辻褄《つじつま》が合わないもん。

大橋　危機ですね、それは。人類が滅びてしまう。（笑）

集中しないところからは何も生まれない

小林　結局、センスというのは磨かれるけど、持っていない人は持っていない。生まれながらのものが大きいということですか。

小野塚　もともと持っていたものというのは、大きいでしょうね。絵だって、どんなに練習しても下手な人は下手。訓練して、うまくなれるものじゃない。

大橋　そうですね。

小林　おふたりが自信を持っておっしゃるんだから、そうなんでしょうね。（笑）

小野塚　でも、かっこいい人たちって、よくよく見ればとにかく好きで好きで、いろんなものを見たり着たりしている人たちが多い。

大橋　今振り返って、よかったなと思うのは、私は六六年にニューヨークで三、四ヵ月滞在したことがあるのです。そこで見聞きした経験は大きかったかも。

小野塚　刺激がすごかったでしょうね、当時のニューヨークは。

小林　どうしてニューヨークに行かれたのですか？

大橋　『平凡パンチ』の表紙のイラスト、一年分を使って、出版社がトランプを作ったんです。それの印税で、二〇〇万円もボン！　ともらって。大学卒の初任給が三万円ぐらいの時代に。

小野塚　へ〜！　それはすごい。

大橋　ほんとにラッキーで。それでニューヨークに行きました。あの、アントニオ・ロペスって知ってます？

小野塚　ええ、もちろん。天才ファッションイラストレーターですね。

大橋　あの人の絵が、『ニューヨーク・タイムズ』日曜版のいろいろな広告にバーッと掲載されていて、それがすごかった。

小野塚　かっこよかったですよね。昔、『WWD』っていうファッションだけの新聞がニューヨークで出ていたんですけど、その一面の絵。写真より明確な表現をイラストレーションで描いていて、まあかっこよかったこと！

大橋　すごかったです。本当に上手で。今はもう、ああいう人はいませんよね。

小林　そんなエキサイティングなものがたくさんある時代が、うらやましいです。

小野塚　今はきっと、たくさんありすぎるんですよ。すごい人がいっぱいいすぎて、相殺しちゃっている感じがする。

大橋　そうですね。私もあのとき、もしニューヨークに行っていなかったら、人生がちょっと違っていたかもしれませんね。

小野塚　わかった。やっぱり、センスって経験の蓄積！　たくさん着て、たくさんバカなことをやって……という蓄積を経て、その人がバッと出てきたときに、ああ、センスがいいね、となる。

小林　自分というものに向き合って、自分の味を見つければ、それがその人のセンスになる。ちゃんとガッツリ、集中して向き合って。

小野塚　そう！　集中していないところからは何も生まれない。面白がらないと。

小林　人のまねをするというよりも、自分で面白がれるかどうか。

大橋　そうですね。今の時代は恵まれている半面、逆に難しい部分もあるけれど。

小林　だけどそこでくじけずに、「やっぱり、自分はこれだ！」というものを見つけられる人が、センスがいいってことかもしれませんね。

痛快に生きる

宇多喜代子
森下圭子

うだ・きよこ

一九三五年山口県生まれ。五三年、石井露月門下の遠山麦浪を知り俳句を始める。七〇年『草苑』創刊に参加し桂信子に師事、同誌編集長を務める。現代俳句協会特別顧問。著書に『名句十二か月』『新版　里山歳時記』ほか（写真中央）

もりした・けいこ

一九六九年三重県生まれ。九四年にフィンランドへ渡り、ヘルシンキ大学で学ぶ。映画『かもめ食堂』のアソシエイト・プロデューサー。訳書に『ぶた』「ミイのおはなしえほんシリーズ」など。ヘルシンキ在住（写真右）

四〇代は「今なら間に合う終列車」

宇多　あら、お誕生日？

小林　そうなんです。私はもうすぐ、森下さんは昨日だったんです。あ、ご紹介しますね。森下さんはフィンランドにお住まいで、コーディネートや通訳、翻訳などをなさっている方です。私は映画『かもめ食堂』の撮影でお世話になって、それからのお付き合い。『かもめ食堂』のフィンランド語の練習用テープも全部、森下さんが作ってくれたんですよ。

森下　私はもう、宇多先生の大ファン。今日はお目にかかれて光栄です。

宇多　こちらこそ、どうぞよろしく。お誕生日、おめでとうございます。

小林　ありがとうございます。先生は私の母と生年月日がまったく一緒なんです。

宇多　ということは、八〇歳ね。

小林　本当に素敵です。でも「私が八〇歳！」って、びっくりされませんか？

宇多　びっくりするわね。でも、何かと自分に言い訳ができていいわよ。八〇だからこれはできなくてもいい、とかね。

小林　なるほど～。

宇多　でも私、神様が一度だけ若くしてあげると言ったら、戻りたいのは六〇代。

森下　えー！

小林　どんな感じなんですか？

宇多　もう、あんまりこだわらなくていいよ、みたいな。吟行旅行に行ってもね、六〇歳になると誰とでも雑魚寝できる。（笑）

小林　あははは！

宇多　逆にやっかいなのは四〇代ね。

森下　やっかいですよね〜！　私は昨日、四七歳になりました。

宇多　四〇代というのは、やりたいことがまだ残っていて「今なら間に合う終列車」みたいな感じで。

森下　わかります、わかります！

小林　そうか、六〇歳……。まだまだだと思っていたら、結構もうすぐだ。（笑）

森下　フィンランド人は、自分の幸せに対して、いい意味でとても貪欲な人たちが多いんです。だから、無理に何かにしがみつくということをあまりせず、自分の幸せのためなら仕事も結婚生活も、スパッとやめちゃう。

宇多　みんなの幸せ観が違うというのも、大変そうね。

森下　そうなんです。みんながみんな異なる価値観を持っていて、しかも年をとれば

小林　とるほど、その傾向が強くなって……。好きなことが見事にバラバラ。

宇多　自由すぎますねえ。(笑)

小林　年をとったら、やっぱり仲間って大事ですよ。

宇多　先生が大事にされているのは、俳句のお仲間ですか？

小林　二通りあるわね。俳句と、俳句にはまったく無頓着な人たちと。田んぼ仲間がいるの。

宇多　へえ〜。それは、いつ頃からのお仲間なのですか？

小林　三〇代からの付き合いね。

宇多　私と森下さんは一〇年前から親しくしていて、五年前からは句会もご一緒しているんです。フィンランドから、スカイプというインターネットのテレビ電話を通じて、毎月参加されているんですよ。

森下　それはそれは。

宇多　ある日突然、フィンランドの森のなかにいたときに、小林さんから誘われたんです。ブルーベリーを摘んでいたら、「句会やるから。俳号、決めて」とメールが来て。それで調子にのってブルーベリーの俳句を書いて、自分の俳号を送ったのを覚えています。

宇多　日本には、よく帰っていらっしゃるの？

森下　一年に一回ぐらいです。

小林　帰ってきたときは吟行に行ったりも。あ、昨日は鎌倉に一緒に行ったけど、俳句作るの忘れたね。うちの句会は先生がいないので、それぞれ勝手に俳句を勉強しておくように、という乱暴なもので（笑）。句会当日は宿題の季語で二つ、その場で出される三つの題で三句提出します。ご飯を食べたりしながら、一時間半ぐらいかけて。その後、句を清書して、一覧を貼り出す。誰が書いたかはわかりません。それぞれ好きな句に一等、二等、三等とつけて、点数が一番多い人が一等賞。

宇多　何人くらいなの？

小林　いつも七、八人ですね。ゲストも必ずお招きして。

宇多　ああ、それはいいこと。楽しいでしょうね。

森下　スカイプで句会に参加していて面白いなと思うのは、たとえば私はフィンランドに住んでもう二一年。日本の季節感は昔の記憶に頼る状態なので、季語の話を聞くのが面白くて。身を置いている風景の違いはもちろん、それぞれ専門の職業を持っている人たちの集まりだから、知っていることがみんな違うのです。たとえば食べ物についてすごく詳しい人がいたり。

宇多　そう！　なかにはにおいに詳しい人がいたりね。

森下　そういう話を聞いているだけですごく楽しいんですよね。

宇多　話は少し違うけれど、私ね、『かもめ食堂』を観たとき、それからドラマ『山のトムさん』を観たときも、これは俳句だと思いましたね。

小林　俳句ですか。

宇多　テーマを大々的に掲げて、役者さんが必死になってそのテーマを語ったりはしない。でも、観終わった後に大きなテーマがあることに気がつく。

小林　なるほど。俳句映画。（笑）

宇多　季語で思い出したのだけど、先ほどの「ブルーベリー」。フィンランドでは、実を摘む季節があるのよね。日本で秋に栗を拾うような。季節が文化のなかで語られることはありますか？

森下　たとえばフィンランド人なら、「初雪」と聞けば、仔鹿が森のなかを歩く風景をパッと連想します。季語がなくてもイメージを共有し合えるんです。

宇多　それが庶民の文芸になるということは、ないんでしょ？

森下　ないですね。ただ、彼らの俳句に対する憧れはとても強くて、小学校三、四年生で俳句を勉強するんです。フィンランド語なので、韻を踏むぐらいのものですけど。

宇多　それ今、ヨーロッパでも大流行ですよ。

小林　そうなんですか。

宇多　学校教育に取り入れているの。日本の文部科学省も数年前にやっと取り入れて、小学校で俳句の勉強を始めましたが。

小林　やっぱり小さい頃から始めると、いい俳句を作れたりするんでしょうか？

宇多　早く始めたからって関係ないと思うわ。興味の持ち方でしょうね。私は俳句を始めたときが適齢期だと思っているから。

小林　よかった。そうですよねえ。

宇多　ＮＨＫの全国俳句大会に九〇歳で俳句を始めた方が出ていらして、「咳《しわぶ》けば老いの乳房の揺れやまず」って。

森下　老いの乳房。秀逸！

小説なら三〇〇枚、俳句は一行

小林　先生が俳句を始められたのは、一〇代でしたよね。

宇多　私の若い頃は、現代詩が圧倒的に強い時代で、俳句を嗜《たしな》んでいるなんて、恥ずかしくて言えなかったのよ。特に女性が俳句をしているなんて知れたら、縁談もないよ、というくらい。かまどでご飯を炊いている時代に、句会に出かけるなんてできやしないでしょう？　女の人が外の世界とつながることを、当時のおじさんたちは許さなかった。

森下　そんな時代だったのか。

宇多　初めて句会に行った頃は、女性ひとりでした。あとはおじちゃんばっかり。でも私が一七、一八歳のときにおじさんだと思っていた人たちは、今思えば三〇代、四〇代だったのね。

小林　若いっ！

宇多　句会に来ていたのは、工場で働いていたおじちゃんや、お寿司屋さんのおじちゃん。

森下　俳句って、ほんとに裾野が広かったんですね〜。

宇多　そうですよ。そういう人たちがみんな、いい句を作るんです。手がいつも油まみれだった工場のおじさんから、私は俳句を一番教えてもらいました。

森下　俳句を始められたきっかけは、なんだったんですか？

宇多　昔の女性は嗜みとして短歌を作っていたんです。私の祖母も、ヘタクソな短歌を（笑）。それがどうも、長ったらしいなあと思っていてね。

森下　へえ……。あの、小学校のときに作文を書かされるじゃないですか。作文って、長ければ長いほど優秀な感じに思われたんですよ。だから私にとっては、五七

小林 五で言い切らなくちゃいけないというのが、苦しくて苦しくて。

森下 森下さんのは〝パッション俳句〟と言われているんです。（笑）

宇多 情熱がほとばしりすぎちゃって、私の句だとばれちゃう。でも先生は、若い頃すでに短歌が長いと思っていらした。その感覚がうらやましいです。

小林 短歌は本当に「長い！」と感じました。ここまで言うか、と。私、歌集をたくさん読んだ日は、一日、俳句を作れないんです。あのリズムが体に入ってしまうから。

宇多 そんなに影響が……。

小林 あと、私は自分が俳人だなんて、五〇歳過ぎまで恥ずかしくて言えなかった。でも、仲良しの作家の中上健次――もう亡くなったけれど――彼と一緒に句会をやっていたのね。彼があるとき私の句を見て一〇分くらい口をきかなくなって。気分を害したのかな、と思ったら、「俳句ってすごいなあ。俺、これを書くのに三〇〇枚は要るなあ」ってひとりごちるわけですよ。あ、そうか。小説家が三〇〇枚で表現するところを俳句は一行でやるんだと思うと、まるで自分が褒められた気分になって。

宇多 すごい話ですね。

小林 それからは堂々と、「俳句、やってます」と言えるように。そうしたらちょうど、俳句ブームがやってきた。

森下　じゃあ、それまでは……。

宇多　俳句の本も隠していましたね。仲間うちでは投稿したり、新聞に取り上げられたり、いろいろやっていましたけど。

小林　人には言えないけれども、やっぱり俳句は面白いと。

宇多　ええ。もうその面白さから、逃れられなくなっていましたね。

穴があればナニナニと覗き込む

小林　俳句を始めて以来、四季のうつろいや季節の言葉にすごく興味を持つというか、引っかかるようになりました。トイレのカレンダーを見ても、あ、今日はこういう日なんだ、って。

宇多　暦は中国で始まった文化だけれども、文化大革命以来、中国はそういうのをまったく継承していない。今、暦の文化があるのは日本のほうですよ。

小林　そうなんですか。あと、日常で鳥が飛んでいく姿とか、音とか、風がどういうふうに吹いていくかなども、いちいち気になるようになりました。散歩しながら五七五を考えて歩くと、ボケないって言いますよね。

宇多　京都のあるお寺では「俳人お断り」という札がかかっているところがあるの。
小林　え。それはなぜですか？
宇多　俳人は好奇心が強いから、ものをめくったり、触ったりするでしょう。
森下　みんなそうかも。
宇多　穴があればナニナニと覗き込むし、野の花なども、すぐに「なんという名前なの？」と近くの人に質問しちゃったり。
小林　鳥の名前とかも、気になりますよね。
宇多　でも今、パソコンやスマートフォンが発達して、情報がその場でわかるようになってきたでしょ。あれって身につかないんじゃないかと思うのよね。
小林　ああ、たしかに……。
森下　最近聞いて驚いたのですが、木にスマホをかざすだけでその木の名前がわかる、というアプリがあるんだとか。
宇多　じゃあこうしてあなたにスマホをかざすと、あなたの名前が出てきたりして？
森下　年まで出てきちゃったり。それに体重まで！
宇多　そうなると、退化するものが出てくるのではないかしら。
森下　本当にそうですよね。それで満足してしまうから。
宇多　私が最近つまらないな、と思うのは、ネット検索だと情報源が同じだからか、

小林　みんなの答えが同じになっていることなの。

宇多　はあ、そうなんですか。

小林　それで一度、俳句教室で漢字や意味を調べるのに電子辞書を禁止にして、歳時記の横本（横長の本）を薦めたことがあるの。ひとつ調べるためにページを開くと、前後の言葉も目に飛び込んでくる。横本の効能ってありますよ。でも今、そこに帰りなさいと言われても、一度便利さに慣れた体というのはもうダメ。だからこの先どうなっていくのか、ちょっと心配です。

自分に誠実に生きていれば大丈夫

宇多　先生、今回の鼎談のテーマは「痛快に生きる」なんです。私にとっておふたりは、人生を痛快に生きていらっしゃるように感じられて。

小林　私、以前、俳句のキャッチフレーズを作ってくれと頼まれて考えたのが、「退屈なしのあいにくなし」。雨でもよし、晴れでもよし。年をとって退屈しないというのも、本当にありがたいです。

宇多　だから先生は、いつもハツラツとしていらっしゃる。たしかに月に一回、句会があるのは楽しみですよね。

森下　すっごく楽しいです！

宇多　俳句を通して集まるというのはいいですよ。利害関係がない。

小林　あと、人格が鍛えられます。ある日の句会で一等賞になってワーッと喜んでも、次の句会では最下位だったり。私ってなんてセンスないんだろ……って、落ち込んだりする。

森下　それがけっこう、長く続くんですよね（笑）。でも、五年も続けていると、点を採りたいという気持ちもなくなってきました。

小林　そう、「自分のこの句、好きだな」と思えれば、人に選ばれなくてもいいやと。かっこいい句を作ろうとか、よく思われたいという姿勢が、すごく恥ずかしい。みんなそういう気持ちで集まっているから、清々《すがすが》しい。

宇多　私は、もう六〇年ぐらい俳句をやっているけれども、一度も俳句の神様に恥ずかしいことをしたことはないわい！　って、思うんですよ。ちゃんとしてきたなって。

小林　どういう意味ですか？

宇多　自分に正直にやってきたということ。ただ一度だけ、ある人に「あなた、句会で点が採れるように努力したほうがいいですよ」と言われたことがあったの。私は、句会で点が採れない人なんです。

小林　へえ〜。

宇多　それでちょっと、ムカッとしちゃって（笑）。ある日、集まった面々を見て、このメンバーなら、こういう句を作れば点が採れるなと思って、自分ではふだん作らないような句を作って出したら、案の定、一等になった。

小林・森下　すごーい！

宇多　でも、それを見抜いたのが桂信子という私の先生で、「こういう句を作っているようじゃダメだ」と。そのとき、二度とするまいと思いました。つまり、今回のテーマである「痛快に生きる」って、〝自分流〟ってことじゃないかしら。

森下　私も、若い頃は自分の明日や明後日がわからないとすごく不安だったんですけど、最近は見えない将来が楽しみになってきたんですよね。自分らしく、自分に誠実に生きていれば大丈夫、と。

小林　わーっ、森下さんがそれに気づいたら、大変なことになりそう。もうパッションが。（笑）

宇多　若いときって、将来を信じるでしょ？　自分の将来にネガティブなことが起こるなんて思わないで過ごすんです。それが七〇歳、八〇歳になると生きていることが刹那的に大事になる。たとえば、今年桜を見ると、もう来年の桜ぐらいしか視野に入ってこない。来年の桜が見られれば、いいやって。つまり、長い

小林 スパンの未来とは無縁になってくるんですよ。でも、それはそれでいいもの。そう長くない未来というのも、楽しいもんですよ。

宇多 森下さんは、若い頃にバーン！　と海外に出て行って。

森下 痛快どころじゃないですよね。すごいですよ。

小林 私も「あいにくなし」のところがありますね。ダメならすぐに帰ってくればいい。誰かのために生きているんじゃないんだから、自分で決めればいいんだ、って。

宇多 それって、すごく贅沢なことなんでしょうね。

小林 そうよね。結婚とかしていると、夫や子どものために生きるとか、いろいろあるもの。

宇多 先生は、ご結婚は一度も？

小林 私はね、結婚しようとした直前に病気になっちゃったの。

宇多 え。先生が？

小林 そう。頭のなかに何かができて。あ、これは相手を不幸にするな、と思って、結婚しなかった。でも一〇年ぐらいして手術をしたら治っちゃった。その後、気がついたら今までひとり。(笑)

宇多 それは、おいくつぐらいのときだったんですか？

宇多　二〇代から三〇代にかけてですね。八年ぐらいお付き合いした人だから。

森下　八年待っていてくれたって、すごい純愛だ！

宇多　純愛、そうね。でも、あの病気があったから、今がある。

小林　ほんと、そうですね。

宇多　だから人生は、トータルで見ないとわからない。トータルでよければいいんですよ、人生は。

小林　はいっ。「人生はトータルで！」。今日も名言、いただきました。

大人の姉妹力

市川実日子

市川実和子

いちかわ・みかこ

一九七八年東京都生まれ。一四歳からモデルとして活躍。九八年に女優デビュー。映画「めがね」「マザーウォーター」など小林聡美との共演多数。近年の出演作に映画「シン・ゴジラ」「よこがお」「罪の声」ほか（写真右）

いちかわ・みわこ

一九七六年東京都生まれ。一五歳からモデルとして数多くの雑誌、広告に登場。二〇〇〇年に女優デビュー（写真左）

根っこの部分は似てるけど

小林　市川家は上にもうひとり、お姉さんがいる三人姉妹ですよね。何歳ずつ違うんですか？

実日子（妹）　何歳違うのかなあ。

実和子（姉）　長女と私が三歳違い、私と実日子が二歳違いですかね。

小林　おふたりとも、小さいときからノッポだったんですか？

実和子　私は子どもの頃、実日子から「チビ」って言われていましたよ。

小林　チビ？

実日子　私は保育園のときから頭一つ分、ほかの子よりも大きかったんです。実和子は最初小さくて、中学二年生の夏休みで十何センチ伸びたんだよね。

小林　それはすごい！　骨が伸びる音、聞こえた？

実和子　寝ている間に伸びたので聞こえませんでした。（笑）

小林　私の印象では、ふたりは根っこの部分はよく似ているけど、繊細さの表れ方が違う感じがします。実日子さんは、繊細さに毛が生えている感じで、実和子さんは繊細さがむき出しという感じ。

実和子　私は母親からもナイーブって言われていました。傷つきやすいって。

実日子　母は私には、「姉妹のなかで一番感性があるのは実和子だ」と言っていたんですよ。実和子は景色を見たり、絵を描く感性がある。長女と私にはそれがない、と。「そっかー、私には感性がないのかー」と、ずっと思っていました。

小林　親のそういうひと言って、あとあとまで引きずりますよねー。子どもはそうなんだって思い込んじゃう。

実日子　だから仕事を始めてみて、「ああ、私にも少しは感性があるのかな」って思ったことがありました。

小林　私も姉から何かにつけ「あんたはさー、ナントカだから」と言われて、すごく傷つきましたよ。

実和子　なんて言われてました？

小林　私はねえ、えーっと……、あれ、覚えてない。（笑）

実日子　ええっ！　すごい話があるのかと思ったら。

小林　失敬（笑）。おふたりは子どものとき、ケンカはしましたか？

実和子　長女と私は思春期に入ってからも激しくバトルしていましたけど、実日子とはそうでもなかったです。実は私たち、小学校五年くらいまでしか、一緒に住んでいなかったこともあって。近所ではありましたけど、実日子は祖父母の家で、私は姉と母と暮らしていたのです。その後、実日子が実家に戻ってきたときにはもう私が家を出ていましたから。わりとさっぱりした姉妹関係です。

小林　そうなんだ。小さい頃の思い出も、共通のところもあれば、知らないところもあると。

実和子　小学校くらいまでの思い出はたくさんあるけど、お互いの思春期を知らないんですよ。

小林　思春期の頃を知らないと、仕事の現場で会っても、変に意識することがないのかな。

実日子　私は一〇代や二〇代初めの頃は、姉と仕事の現場が一緒になると、「会える！」という気持ちになりましたよ。

実和子　昔は、今みたいに頻繁には会ってなかったもんね。

小林　市川家は、家族の行事でよく集まるそうですね。お姉さんのお子さんの卒園式とか。

実日子　甥っ子の卒園式に、叔母ふたりで参列。

小林　甥っ子、溺愛していますよねー。私もよく、実日子さんから写真見せてもらう。

実日子　溺愛じゃないよね。(笑)

実和子　会うとけっこうスパルタです。

私と姉はまったく違う!

実日子　聡美さんも三人きょうだいですよね。

小林　昭和の一時期は三人きょうだいも多かったんです。私には三つ上の姉と、二つ下の弟がいます。

実和子　仲はいいですか?

小林　うーん、特別仲が悪いということはないですが、市川家のような感じではないですね。小さい頃は、私も姉にくっついて遊んでいましたけど。空き地で基地ごっことか、少し大きくなってからは姉の好きな音楽を聴いて、かっこいいなあと思ったり。クイーンとかビートルズとか……。

実日子　年上のきょうだいがいると、そういう影響は受けますよね。長女が聴いているものは自然と耳に入ってきたから、詳しく知らなくても耳には残っています。

小林　でも、姉が面白がっているものを、自分でも面白いなと思って見てきたのに、あるときからそれがなくなるんです。姉は高校生活をすごくエンジョイしていて、私も高校って楽しいんだなと期待していたのですが、実際に自分が行ってみたら、全然楽しくなくて。お姉ちゃんと私は違うんだと。

実和子　うちはお姉ちゃんみたいになりたいとか、そういう感じはなかったよね。

実日子　でも私は、バスケ部だった長女を見ていて面白そうだったので、小学生からバスケを始めたよ。憧れたのかな？

小林　実日子さんにとっては、すぐ上の実和子さんよりも、年の離れた長女のほうが、お姉ちゃんぽかったのかな。

実和子　私が運動嫌いだったというのがあるかも。

実日子　実和子は本を読んでた。

実和子　運動に向いてなかったです、上手にできなかったし。一方で姉は、頭もよくて運動もできて。そうなると……。

小林　わかる、うちと同じ！　うちも姉がスポーツ万能で、私が中学に入学するときは「小林の妹が入ってくる」と噂になって、いろんな運動部に勧誘されたんですけど、私はあまり興味がなくて。その頃から姉と私は違うんだ、と気づき始めたのかも。

実日子　そういうところから性格や気質は形成されていくのでしょうね。聡美さんも実和子も、たしかに次女っぽいというか、中間子っぽいなーという感じがします。角度は違いますけど。

小林　角度？

実日子　中間子って、「どうせ私のことなんか、わかってもらえない」みたいな感じで、きょうだいのなかでも最初に家を出ていくイメージ。これは私の思い込みかもしれませんけど（笑）。でも実際、ほかの人に聞いても、中間子は早く実家を出ていくという人が多いですよ。

小林　それは家に居場所がないからかも。上は親から常に注目されて、下は溺愛されて甘やかされて。中間子は姉よりも末っ子よりも手がかからないだけに、親からしたら、エアポケット的なポジションでしょう。

実和子　そうですよね〜。

実日子　でも、その中間子感の出方が、聡美さんは「別にいいですよ。私のことなんて理解してくれなくても」という感じで、実和子は……。

実和子　なによ。

実日子　うーん、言葉にするのは難しい。実和子は家を出たときは、強行突破だったね。

実和子　はい。とんがってました。

実日子　中間子はとんがるね。聡美さんは？

小林　まろやかにとんがってた。

実日子　複雑ですね。（笑）

小林　高校一年生のときから、親に「私は高校を卒業したら家を出る」と、冷静に毎日言い続けて。

実和子　私の場合、実際、居場所がなかったから。

実日子　自分でそう思っているだけだよ。

実和子　いやいや、物理的にも自分の部屋がなかったし。

実日子　末っ子からすれば、お母さんは実和子のこともじゅうぶん愛してくれているよーって、もどかしく思っていたんだけど。

実和子　ま、喉元すぎればそれもわかるんだけどね。

小林　私たちの場合、一〇代半ばには仕事をしていたという影響もあるのかもしれない。

実和子　たしかに。家のなかよりも、外の世界のほうに目が行ってたんですよ。

家族のピンチで絆が深まり

小林　おふたりはしょっちゅう会うんですか？

実和子　先週は、実日子の誕生日に会いました。友人たちと一緒に餃子を皮から作って。

小林　姉妹共通の友だちもいるからか、ふたりの関係も友だちっぽい感じがしますね。私は自分の姉とは、友だちという感じはないです。姉は姉。まだ親の介護や死のような、家族の大ピンチに直面していないからかもしれないけれど。そういう事態になったら、きょうだいの関係性もまた違ったステージに上がるのかな。

実和子　うちは近年ピンチがいくつかあったからかな。特に七年前に祖父が亡くなったときから、家族の結束力が強まったよね。

実日子　相談し合ったわけじゃないのに、それぞれの分担ができていました。

実和子　母はひとりっ子だから私たちが助けないと、って。姉妹で自然なフォーメーションができあがったんです。

小林　それはどんな？

実日子　私は、お葬式で流す音楽を担当しました。おじいちゃんはスヌーピーが好きだったから、スヌーピーの曲を入れてあげて。葬儀屋さんから、お通夜で楽しい音楽がたくさんかかるのは初めて、と言われました。

小林　実和子さんは何をしていたんですか？

実和子　ひたすら母の手伝いを。

小林　ああ、中間子はアシスタント気質だからね。わかるわ～。

実日子　あのときは、母と娘三人であることを心強く感じましたね。ひとりでも欠けたらダメだった。今みたいに仲良くなれたのも、そこから始まった気がする。ちょうど同じ時期に長女のお腹に赤ちゃんがいて、そこから自然と家族のイベントが増えていったんです。

実和子　出産のときはふたりで産院に行って、長女の陣痛を見守りながら泣いたよね。あまりにも痛そうで「代わってあげたい」と。ずっと応援していた。

小林　すごい。まさに姉妹愛。

実日子　小林家はどんな感じなんですか？　家族の距離感とか。

小林　うちは同じ東京でも、私だけドーンと西に住んでいて（笑）。弟が実家の近所に住んでいるんですが、その嫁がよくできた人なので、鬼姉たちは「ごめんね～」とか言いながら、家のことはお任せしちゃってる。でも、いざ親に何かあった場合には、やっぱり……。そこは長女を中心に、いざというときにはね。

実日子　次女っぽい発言！

実和子　うちでは最近、私だよね。姉妹共通の友だちを実家に誘ったり。

小林　それは中心になるお母さんがかわいいからじゃないですか？　だから家に人が集まりやすいというか。うちは……なかなか、そうはなりづらいなあ。

実日子　うちの母は、「あんたたちの世話にはならない！」といつも言っている人で。更年期も、終わった後で知ったんですよ。つらくても、私たちに言わない。

小林　へえ～。そうなんだ。

実和子　逆に亡くなった祖母は、「今日は体温が一分高い！　熱がある」と、何でも言うタイプ。

小林　お母さんはそういうおばあちゃんを見て、「自分はこうはなるまい」と思ったのかなあ。

実日子　でも最近、長女がおばあちゃんに似てきた。

実和子　うん、似てきた。面白いよね。（笑）

小林　人って成長の過程でエネルギーがある頃は、「ああなりたい」「こうなりたい」と、元の自分よりも少し違うところを目指して頑張ろうとしますよね。それが年をとって、ちょっと楽をしてもいいんだと思うと、本来の性格に戻っていく。そう考えると、ちょっと怖い。自分はこの先、どうなっていくんだろうと。ふたりは、どうする？　おばあちゃんみたいに繊細に……。

実日子　でも祖母は、心配性ながら新しいものに抵抗なく挑戦するところがありました。私たちがインドカレーとナンをお土産に買って祖母の家に行ったとき、食べたことないけど食べてみたい、おいしい！　って言って。

実和子　祖母のああいう部分はちょっと尊敬。食べ物に好奇心旺盛なところとか。

小林　かわいらしい。やっぱり市川家は仲良し。いい家族なんだと思いますね。

実和子　そう言われると、そんな感じがしてきます。（笑）

小林　モデルになったのは実和子さんのほうが先で、たしかスカウトされたのでしたね。

実和子　そうです。家の近所で。

小林　それで、実日子さんがこの世界に入ったのは、お姉ちゃんがやっているのを見て面白そうと思ったから？

実和子　私が実日子に「事務所の人に会ってみる？」と声をかけたんだよね。何を思って誘ったのか、全然覚えてないけど。

実日子　最初はよくわからないまま、事務所の社長さんに会って、あれよあれよという間に仕事をすることに。それまでは大人と話す機会もなかったから、あるとき『オリーブ』の編集部から電話がかかってきたときには、びっくりして無言のまま電話を切ったのを覚えています。

小林　あははは！

実日子　絶対ヤダ、怖い！　って。でも、姉と一緒に出てみる？　と言われてやってみたら、撮影現場のヘアメイクさんやスタイリストさんが、職人さんみたいにそれぞれの仕事をしていてすごくかっこいいと思った。だから自分が表に出たいというより、面白い大人に会いたいから続けてきたような。

小林　今はどうですか？　姉妹で同じ仕事をするというのは。

実日子　姉妹だと、どうしたって小さい頃から比較されるものだから、「私たちは別物なんだ」という意識は持ってました。あちらは「市川実和子」で、こちらは「市川実日子」だと。他人から見たら、いまだにどっちがどっちかわからないと思うんですけど（笑）。だから、仕事でお互いを姉妹として意識する感じではないですね。特に今は。

実和子　私の場合、またちょっと違って。実日子はたぶん、姉が好きな音楽を聴いたりするのにも、あまり抵抗がないでしょう。でも私は、似ていると言われるから余計に、違うものにならなきゃと変に意識していたところがあります。妹とは別のものにならなきゃ、と。

実日子　実際、好きなものが似ているんですよ。洋服を買いに行くと、「それ、この間お姉さんが買って行きましたよ」と言われたり。私は妹だから素直に姉に憧れられるし、姉に似ていてもあまり気にならないですけど、姉からすると、やりにくかったかも。

小林　中間子には「まねしないで！　私のアイデンティティを侵さないで！」という意識が、すごくあると思う。

実和子　それは二〇代のほうが強かったです。今は同じものが好きなんだから仕方ないじゃん、と思えるようになってきました。

同じ映画で共演したら……？

実日子　今、長女には三人子どもがいて、その年齢構成が私たちとまったく同じなんです。彼らを見ていると、自分たちもこんな感じだったんだなと。一番下の子はなんでも上ふたりのまねをして、真ん中は隅のほうでひとりで遊んでいて、上の子はとにかく誰かにかまってほしいーって。こうやって、性格は形成されていくんだなと。

小林　そうですよね。私の場合、悪い意味で、仕事の現場でも〝中間子の裏方気質〟が発揮されちゃう。

実日子　どういう意味ですか？

小林　中間子は期待されるとか、注目されるということに慣れていないから、いざ自分が注目されると、やめてくれーっ、となる。

実和子　わかります！　いいです、いいです、私はいいです、って。

実日子　私も注目されるのはすっごくいやでしたよ。学芸会でも「〝その他大勢〟がいい」ってタイプ。

小林　それが今はこういう仕事をしているわけですから、不思議ですよね。自分の決断とはいえ、巻き込まれ、流れ流れて。(笑)

実和子　思えば遠くに来たもんだ、ってね。

小林　姉妹で相談事なんかも？

実和子　同じ仕事をしているから、相談しやすいというのはありますね。会ったときにいろいろ話すと、ひとつの目線じゃなく物事を見られるので助かっています。まあ、その目線も、結局は似ているんですけど。（笑）

小林　いつか同じ映画にふたりが出演したら、どんな感じなんだろうね。

実和子　うーん……。

実日子　うーん……。想像がつかないね。

小林　もう照れはないでしょう？

実日子　照れはしないけど、変にわかっちゃうところはあるかも。

小林　いい意味でわかってしまうのは問題ないんじゃないですか？　そこからいいインスピレーションをもらえるならば。市川家は甥っ子や姪っ子が大きくなって自立したときに、また姉妹の関係性が変化するのかもしれないですね。ひとりの人間として、のっぴきならない大人になったとき、どんな姉妹力が発揮されるのか。

実和子　どうなることやら。

実日子　小林家の姉妹力も、楽しみですね！

小林　でも最後の頼みはやっぱり長女ですから。甘え下手の中間子に愛の手を。（笑）

猫の徳

坂崎千春
坂本美雨

さかざき・ちはる

一九六七年千葉県生まれ。東京藝術大学デザイン科卒業。JR東日本「Suica」ペンギン、千葉県のマスコット「チーバくん」などのキャラクターデザインを手がける。絵本『ペンギンゴコロ』ほか著書多数（写真中央）

さかもと・みう

一九八〇年東京都生まれ。一六歳で「Ryuichi Sakamoto featuring Sister M」としてCDデビュー後、ミュージシャンとして活躍。ラジオパーソナリティも務める。最新作は「おお雨（おおはた雄一＋坂本美雨）」1stアルバム『よろこびあうことは』、著書『ネコの吸い方』（写真左）

猫と自分との境目がわからない⁉

小林　みなさん猫を飼っていらっしゃるわけですが、坂本さん宅のサバ美ちゃんは写真で拝見したことがありますけど、坂崎さんのお宅の猫ちゃんは？

坂崎　これです。（と、スマホで写真を見せて）

坂本　あ〜かわいい！　私、ハチワレもハナクソも大好きですよ〜。

小林　チョビ髭、かわいい〜。

坂崎　そうなんです。うちの子、模様が独特で。小林さん宅の子はどんな？

小林　うちはいわゆるキジトラですね。（と、ケイタイを探すも）あ、持ってこなかった！　えっと、平凡な姿形ですけど、めっちゃかわいいです。……といったところで、今回のテーマ、猫という生き物の「徳」についてなんですが。

坂崎　「猫の徳」って、たしかに猫は生き物の中でも人間に近いというか。でも人には媚びない。犬はもっと、人に媚びますよね。

小林　媚びるというか、必死なところがありますよね。坂本さんは犬を飼ったことはありますか？

坂本　実家では猫を最多で四匹飼っていたので、犬を飼う機会がなかったんです。でも、ずっと憧れてはいたので、保護犬をお散歩に連れていくボランティアをやっています。それでワンちゃんと触れ合う機会が増えました。

坂崎 どうですか？ 犬の場合は。

坂本 同じ生き物とはいえ、猫とは全然違う感じがします。というのも、私、猫とは自分との境目があんまりわからないんです。

小林 え、自分との？

坂本 はい。自分と猫との境目がわからない。もちろん、容姿とか生物的に違うのはわかっているんですけど、じーっと見ていると、たまにゲシュタルト崩壊していくというか……。

小林・坂崎 へ〜！

坂本 気持ちは通じ合っている気がするし、生き物として自分より低いとか、まったく思わないし。だったらこの生き物はなんだろう。ただ、姿形が違うだけで、これを猫というんだーって、よくわからなくなるときがあります。

小林 生まれたときから、家に猫がいたんですか？

坂本 物心ついてからですね。最初の記憶は、高円寺に住んでいたとき。野良猫を自分の家の猫のようにしていたんです。庭に出入りしていた近所のボス猫で、猫エイズとか猫白血病とか、いろいろ病気を持っていてボロボロだったんですけど。うちの家族は大好きで、獣医さんにも連れて行ったりしていました。家のなかには、ほとんど入れていませんでしたが。

小林　へえ。では実際に飼ったのは？

坂本　ちゃんと飼ったのは、私が七歳のときに拾ってきた猫が最初です。その子は二年後の一九九〇年に家族でニューヨークに移住した際にも連れて行きました。それ以来、ニューヨークの実家ではずっと猫を飼い続けています。

ハムスター、文鳥、うさぎ……猫

小林　私が初めて猫を飼ったのは二五歳のときです。

坂崎　何か、きっかけがあったのですか？

小林　『やっぱり猫が好き』という番組に出演して、猫に対する興味がかなり強くなった時期でした。

坂本　たしかあの番組には、アメリカンショートヘアが出ていましたね。

小林　ええ。でも、そのときは、猫に対する特別な感情はなくて。まあ、動物がスタジオに来れば、普通にかわいいね～という感じで。

坂本　ドラマの内容自体も、別に猫は関係なかったですもんね。

小林 そうでしたよね（笑）。ひとり暮らしに気持ちの余裕もでてきて、ちょうど二五歳の誕生日に、当時まだ保護猫の存在を知らなかったから、ペットショップで。それから半年後に、またもう一匹。暮らしが急に活気づきました。（笑）

坂崎 オスとメス？

小林 両方、オスです。私、女の子は飼ったことないんです。坂崎さんちの子は女の子ですよね。ずっと猫を飼っていたんですか？

坂崎 いいえ。私は四〇歳を過ぎてから、初めて今の子を飼い始めたんです。

坂本 えっ！ そうなんですか。

小林 意外な感じです。

坂崎 私の親が、猫とか犬とか好きじゃなかったんですよね。子どものとき、私がどうしても飼いたくて拾ってきても、「戻してきなさい！」って。ひとり暮らしを始めてからは、最初のアパートは犬猫を飼ってはいけなかったので、なんとなくハムスターを。その後、文鳥も飼っちゃったんですが。

小林 段階を踏むわけですね。

坂崎 そうなんです。今のマンションに引っ越してきたら猫ＯＫとなったのですが、文鳥がいたので猫を飼えなくて、代わりにうさぎを……。

小林 なかなか猫にたどりつかない。（笑）

坂崎　それで、文鳥が亡くなったあと、やっとうさぎと並行して猫を飼い始めた。
小林　うさぎと猫と一緒に？
坂崎　はい。うさぎと猫との暮らし、二〇一一年からです。
坂本　わりと最近ですね。
坂崎　だから私の猫歴なんて、おふたりに比べると全然です。
小林　うさぎって、なんとなく姿形は猫と似ていますが、抱っことかするんですか？
坂崎　しますよ。
坂本　人に慣れるんですか？
坂崎　慣れます。でも、うさぎにとっては、別に私じゃなくてもいいのかなーって感じはあります。
小林　ちょっとサビシイ。（笑）
坂崎　私がいなくなっても、元気がなくなるとか、そういう感じは見当たらなかったですね。
坂本　うさぎって、表情とかあまり変わらない感じがしますね。
坂崎　いえ、飼っていると、表情もわかってきますよ。不満は特にわかりやすい。怒っていると、足をバンバン床にぶつけたりします。
小林　かわいいっ！　飼うのはやっぱり、ケージとかに入れて？

坂崎　はい。いろんなところでポロポロ糞をしちゃうので、猫みたいに放し飼いはできないですね。自分がいるときにちょっとケージから出すとか、そういう感じ。形は猫と近いけど、飼い方はまったく違います。

小林　うさぎと猫、人間との距離は猫のほうがずっと近そうですね。

坂崎　猫は、好きなときに寄ってきたり、友だちみたいにそこにいる感じがあって、ほかの生き物と比べるとかなり人間に近いと思います。飼っているというよりは、一緒に暮らしている感じ。

坂本　コミュニケーションができますよね。こっちの状態をよく見て反応しているなあ、と思います。「悲しいときに寄り添ってくれる」とか言われますけど、それだけじゃなくて、こちらのテンションとか疲れとか、そういうことも察知してくれる。

小林　同感です。うちの子は、はげるまでお腹をペロペロなめちゃうことがあるんですけど、ずっとアレルギーかと思っていたんですが、どうやら私が忙しくて気持ちがそわそわしているときに、そうなるような気がして。

坂本　へえ〜。それって人間の赤ちゃんと同じですね。ほんと、合わせ鏡というか、自分の機嫌がそのままうつる。私の子どもも、私がそわそわしたり、忙しかったり機嫌が悪かったりすると、グズります。でも、こっちがヘラヘラしていると、赤ちゃんもなんとなくヘラヘラしているから、私もなるべく機嫌よくしていようと。ストレスに対する反応の仕方が、人間と猫は似ていると思いますね。

最期の瞬間、そばにいてあげたい

小林 最初に飼った猫には、人間が食べるものをつい、いろいろあげちゃったんです。なんでもおいしいおいしいって食べるから、かわいい〜！　って。そしたらその猫、食べ物にすごく貪欲になってしまって。一度、どこにも姿が見えなくて家じゅう探したんですが、まさかと思って冷蔵庫を開けたら野菜室から出てきた。

坂崎 大丈夫だったんですか！

小林 ちょっとヒンヤリしてましたけどまったく大丈夫でした（笑）。知り合いの家の猫なんて、カレーの鍋のフタを自分で開けてなめてたっていう。（笑）

坂本 食べ物への執着というか、本能というか……すごいですね。

小林 坂崎さんのところは、猫一匹だけですか？

坂崎 そうです。家に待っているのは猫一匹。人はいない。（笑）

小林 あははは！

坂崎　帰ったときに、こっそり静かにカチャッとやっても、パーッと迎えに来るのがすごくかわいい。

坂本　かわいいですよね～。

小林　今、何歳ですか？

坂崎　え～っと、捨て猫で、もらったときが二歳ぐらいだから、今は七歳？　人間だと中年……四〇歳ぐらいでしょうか。

坂本　熟女。うちのサバ美も同じぐらいです。

小林　うちの猫は七〇代ですね。猫はあっという間に飼い主の年齢を越してしまいますよね。私はまだ、猫を看取ったことがないのですが、みなさんはどうですか？　さっき話した野菜室の子は、ある日私が朝起きたら、大好きな台所で亡くなっていたんです。老衰で、食欲はあっても魚みたいに薄く痩せちゃって、もういつ死んでもおかしくない状態で、階段を上がるのも大変。その前の夜、じゃあ二階に行こうねと私が抱いて、二階に上げたのが最後。そのときは、なんだかいつもと違う感じがしました。今から思えばですけど、私の目をじーっと見て、何か言っているようだと感じて。

坂本　やっぱり膝の上でその瞬間を見届けてあげたい、とは思いますね。私の場合、実家がニューヨークなので、歴代の猫の看取りは全部、母に任せちゃったな、

小林　というのがあります。一緒に育ってきた子たちの最期を見ていないから、いないという感じがしなくて。まだどこかにいるような気がする。
坂崎　とてもよくわかります。坂崎さんはどうですか？
小林　私も死に目というのには、まだあったことないですね。うさぎちゃんも、私が出かけて帰ってきたら亡くなっていて。餌箱に顔を突っ込んで……。
坂崎　発作的に死んじゃったんですか。
小林　苦しそうな顔じゃなかったから、救われました。
坂本　そういう、臨終の瞬間にそばにいてあげたい、というのも人間のエゴかもしれないですけど、飼い主にそう思わせる何かが、やっぱりあります。
ええ、そう思いますね。

虐待されても人が好きな猫

小林　坂本さんは、お子さんが生まれてどんな感じですか？　サバ美ちゃんとの関係は変わりましたか？
坂本　私はもともと、子どもがそれほど得意ではなかったので、妊娠したときはどうしようかと。サバ美よりも愛せるはずがないって、落ち込んだりして。でも生まれてきたら子どもは本当に面白いし、かわいい。だから、長女と次女みたいな感じですね。どっちのほうがより好きだとか、そういう問題ではないんだな、と。

小林 へえ〜。

坂本 そしてサバ美には、より感謝が深まりました。娘を受け入れてくれて、優しくしてくれてありがとうという気持ち。

小林 猫の懐の深さ。サバ美ちゃんと赤ちゃんは、一緒に寝たりするんですか？

坂本 寝ていると、近くに行ったりはしますが、やっぱりまだサバ美のほうが、適度に距離をとっているかな。赤ちゃんはグイグイいくので。

坂崎 あ〜、なるほど。（笑）

小林 今までサバ美ちゃんに対して、怒りを持ったことはありますか。

坂本 ないですね〜。サバ美は保護団体の里親募集サイトで私が一目惚れしてもらってきたんですけど、そこに書かれた経歴を見ると、虐待を受けていたようなんです。公園で木に縛り付けられていたのを助けられた。そのまましばらくは地域猫みたいな感じで、ボランティアさんが餌をやっていたんです。そのときから、「サバ美」って名前がついていたんですけど。

小林 え！　もう「サバ美」っていう名前が？

坂本　最初からついていました。それでサバ美は、虐待されていたにもかかわらず人間に寄ってきちゃうから、また悪いことをされてはいけないということで保護されたんです。人間がすごく好きなんですね。

小林　次はもう、人間になって生まれてくるかもしれないですね。

坂本　そうだといいなあ〜。トラウマになってもおかしくないのに、ちゃんと自分から心を開くというか。うちに来た日も、すぐに家の真ん中にあるラグの上でお腹出して、ここどうぞ〜、みたいな。

小林　大胆！

坂本　本当にそういうところは、尊敬しているんです。

坂崎　実はうちの子も、保護団体からもらってきたのですが、どうやら引っ越しのときに置いて行かれたようで。関係あるかどうかわからないけれど、うちの子、餌をひとりで食べられないんですよ。

小林　見ていてあげないとダメなんだ。

坂崎　だからけっこう手間がかかる（笑）。きっとつらい過去があって、ひとりでご飯を食べられないんだなあ、横で見ていてほしいんだなあ、と、勝手に想像しています。

小林　それぞれの性分というか、癖みたいなの、面白いですね。そういえば、うちの子はすごくなめます、私の顔や手を。犬と一緒に暮らしたことがあったから、その犬が乗り移ったのか？

坂崎 犬から学んだのかもしれませんね。

小林 そうかも！　犬と仲良しで、いっぱいなめてもらって気持ちよかったから、「こりゃええわい、人間にもやったろか」となったのかもしれません。

坂本 かわいい〜！

小林 いや、猫の舌は痛いです〜。

坂崎 たしかに。(笑)

何をしていても「かわいい」しかない

小林 猫って仕事の邪魔とか、しますよね？

坂崎 新聞を広げれば、必ず乗ってきます。

小林 でも、たとえば、描いている途中の作品の上で、猫がインクをジャーッとかやっちゃっても、仕方ないと思っちゃいますよね、きっと。

坂崎 ええ。仕方ないと思えます。

小林 そこが猫のすごいところ。何をやっても許される。

坂崎　たしかに「猫の徳」です。

坂本　何をしていても、「かわいい」しかないですもん。

小林　なんですかね、「何をしてもかわいい」というのは。これも「徳」ですね。これが人間の子どもだったら、そうはいかない。

坂崎　教育できると思っているから、失敗を責めてしまうのかな。

小林　でも、猫は仕方がない。私たちのほうがすべて受け入れるしかない。

坂崎　忍耐ですよ。

小林　猫がいるところでそれをやっていた自分が悪いと思えますよね。猫の持つ不思議な絶対感、これも「猫の徳」ですね。ところで、今飼っている猫ちゃんが亡くなったら、どうします？　私は今五一歳で、仔猫から飼い始めても、まだ最期まで看取れる年齢だと思いますが、六〇歳になったら、それは難しいのかなあ、とか。

坂崎　保護猫もひとり暮らしだともらいにくいって言いますよね。特に高齢者は。

坂本　猫を飼うって、人生計画ですよね。私も三〇歳でサバ美を飼うときは、この先、結婚や出産を経験してもずっと一緒にいるって覚悟を決めました。でも、いざ結婚してみると、夫が猫アレルギーだったんです。

小林　あらら。それは大変。

坂本 好きではいてくれるようで、薬を飲んで一緒に暮らしています。

小林 坂崎さんは今の子がいなくなったあと、新しい子を迎えると思いますか？

坂崎 いやあ～、猫がいない生活は考えられないから、たぶん迎えると思うんですが……。そのときは、自分が亡くなったあとも面倒見てくれるところと契約を結ぶとか、お金の力を借りてでも、なんとかしたい。

小林 なるほど（笑）。最近はいろいろなサービスもありますしね。

坂本 よく、猫を飼い始めると出会いがなくなるとか言いますけど、今はSNSとかでコミュニティが生まれているから、逆に出会いが多くなると思います。見に来ない？　と誘いやすいじゃないですか。

小林 「うちの猫、見に来ない？」。たしかに男女問わず誘いやすいかも（笑）。そういえば猫好きの男性って、なんか、素敵じゃないですか？　「あ～、わかってるな」というか。

坂本 うん。猫好きの人とは、一緒に暮らせるなと思えます。

坂崎 犬好きの人には、「ちゃんとしなきゃいけない」って感じがしますね。朝ちゃんと起きて散歩に行くとか、規則正しさがありそう。

小林 都会で犬を飼うには、時間と体力が本当に必要ですよね。その点、家猫は家の中だけ。でも限られたエリアで人生を過ごしてもらっているぶん、なるべく快適に、機嫌よく暮らせるようにと思っています。

坂本　犬もかわいいけれど、猫は抱き心地がまったく違いますよね。ぎゅーっとした感じはもう本当に、感情に寄り添ってくれるというか。

坂崎　そういう意味では坂本さんが本に書かれた「猫吸い」ってすごいですよね。猫のにおいを思い切り吸い込む、あの行動と感情に名前を与えたという。

小林　そう！　でもうちの子に「猫吸い」すると、なぜか口の周りが赤くなっちゃう。だから仕事があるときは、なるべく吸わないようにしています。

坂本　それはつらいですね～！

小林　今日、こんな機会を作ってくれたのも、猫のおかげということで、底知れぬ感謝の気持ちを込めて、家に帰ったらみなさん、猫を吸いましょう。

今、海のそばで暮らすこと

大貫妙子
畠山 晶

おおぬき・たえこ

一九五三年東京都生まれ。七三年に山下達郎さんらと「シュガー・ベイブ」を結成。七六年の解散後はソロで活動。最新作に『TAEKO ONUKI meets AKIRA SENJU～Symphonic Concert 二〇一六』。著書に『私の暮らしかた』(写真左)

はたけやま・あきら

一九八五年神奈川県生まれ。横須賀市内の水産高校を卒業後、ダイビングショップ勤務、結婚式のMCを経て、母校にて実習助手を務めながら漁師の修業に入る。二〇一二年より、葉山町初の女性漁師として活動(写真右)

やっぱり海の仕事がいい！　と

小林　今日はゲストのおふたりがお住まいの葉山にやってきました。窓の外は海がまぶしいです！　さて、畠山さんは葉山で唯一かつ初めての女性漁師ということで、テレビのドキュメンタリー番組でそのご活躍を拝見しました。今日もすでに海に潜ってこられたんですって？

畠山　はい。潜り漁でアワビとサザエを獲っていました。

大貫　アワビとサザエ……。一般の人は、勝手に獲ってはいけないんですよね？

畠山　獲っていいのは漁協の組合員だけです。

小林　大貫さんは獲っちゃダメってことですね（笑）。畠山さんは葉山ご出身だそうですが、ご実家も漁業をなさっているのですか？

畠山　いえ、両親はもともと葉山の出身ではなくて、自然食品の店をやっていました。

小林　じゃあ、漁師になろうと思ったきっかけは？

畠山　横須賀に水産高校があって、そこに通っていました。でも、そのときは漁師になろうとは思っていなかったんです。

大貫　水産高校には、女子も多いの？

畠山　いえ、少ないです。漁師の子どもが多く集まる学校なので、女子は全校生徒の二、三割でしょうか。偏差値もあまり高くなかったんですけど。（笑）

小林　つまり、本気で漁師を目指して入学する人もいれば、偏差値的にここしかない、みたいな人も集まるという……。

畠山　そうです、そうです。（笑）

大貫　横須賀は漁業に携わっている方がとても多いですよね。その子どもたちも、最初は「絶対に継がねえ」という感じなんでしょうけど、やはり父親の背中を見て育つ。今はけっこう、若くて元気な漁師がいますね。こんなにかっこいい漁師がいるんだ！　という。

小林　へえ～、そうなんですか！　それで、畠山さんは高校を出てから何をなさっていたのですか？

畠山　卒業後は、一度ダイビングショップに勤めましたが、辞めたんです。海の仕事はいやだ、と思って。

小林　それはどうして？

畠山　もっと華やかな仕事をしてみたかったんです。それで結婚式の司会の仕事に就きました。でもほかの仕事をしてみたら、「やっぱり海の仕事がいい！」と気づいて、母校の水産高校に実習助手として二年間勤めてから、漁師の修業を始

小林　めて今に至ります。

畠山　実習助手というのはどんなことをするんですか？

大貫　水産高校はダイビングやカヤックなど、課外授業が多いので、生徒四人に教師が二人つくんです。その教師役ですね。

畠山　へえ〜。カヤックの授業なんてあるの。全般的に海洋にかかわる学校なんですね。でも、全員が漁師になるわけじゃないのね？

小林　そうなんです。情報通信科とかもありました。今は普通科と漁業科だけになっちゃったんですけど。でも、いろいろ学べて面白い学校ですよ。

大貫　ほんと、面白そう！

小林　小林さん、どう？

大貫　え、今からですか？　まだいけますかねえ。（笑）

うちは東京出身なんですけど、弟が魚好きで、高校は都立の水産科を薦めたんです。引っ込み思案な性格だったんで、海で鍛えたほうがいいんじゃないかと、私が勝手に決めました（笑）。畠山さんは、卒業のときに遠洋航海へは行きました？

畠山　私は流通科だったので行かなかったのです。

大貫　全員行くといいのにね。私、いつも思うのだけど、たとえば医者の世界も内科とか外科とかに分かれているでしょう。でも扱う人間の体はひとつ。水産関係だって、本当は全員が航海にも流通にも精通していたほうがいいですよね。

東京は息苦しくて

小林 大貫さんが葉山に住み始めたのは三〇年くらい前ですよね。

大貫 そうですね、私が三〇代前半のときですから。

小林 どうして生まれ育った東京から、葉山に移り住もうということになったんですか？　しかもご両親も一緒に。

大貫 その頃、東京がなんかこう、息苦しくなって。どんどんビルが乱立して空気も悪いし。それで葉山に友だちと部屋を借りて、週末だけ過ごすというのを二年くらいやっていたんです。葉山は東京から車で一時間くらいなのに、自然も豊かだし、鎌倉や三浦半島のほうにもドライブに出かけられて、ここは地の利がよくていいな、と。なにより夜が静か。

小林 でも東京のご出身で、そこからご両親と一緒に移住するというのは、思い切った話ですよね。

大貫 そうですね。当時の東京はバブルで、地上げがすごかった。商店街はなくなり、駐車場だらけになって、なんかもう、自分たちの故郷、好きな東京じゃなくなってしまって。どんどん街が壊れていくのを見るのに、耐えきれなくなったというか……。東京にも仕事場があって葉山と往復していましたが、一五年くらい前に完全に居を移しました。

小林　三〇年経って、葉山の雰囲気は変わりましたか？

大貫　家は更地に建てたんですけど、当時は周りに何もなかった。今は葉山も家だらけになってしまって、すでに息苦しいです（笑）。私の家から御用邸のほうに歩いて行く途中にちょっとした高台があって、昔はそこから見えた富士山も、今は家がドーンと建ってしまって見えなくなりました。昔の家は区画が広いけれど、その土地が売りに出されると、今は四分割にして家を建てるでしょう。だからもう、家がびっしりで。

畠山　お隣さんに、窓から物を手渡せますよね。

大貫　せっかく葉山まで来て家を買うのに、庭も造れないなんて。ちょっと理解できないです。でも、人間関係は割と東京に近い感じがしますね。「ずっとカーテン閉まっているようだけど大丈夫？」とか、家の様子をよく見てくれていますが、それ以上立ち入ったりはしないですね。

畠山　私は「洗濯物が一週間干しっぱなしだけど具合が悪いの？」とお隣さんに言わ

れました。単に面倒くさくて、干してあるところから取って使っていただけなんですけど。

大貫 干しっぱなしなの⁉（笑）

獲れたら大当たり

小林 畠山さんは普段、どんな漁をなさっているんですか？

畠山 漁船で、ひとりでできる漁をやっています。

大貫 船はご自分のですか？

畠山 はい、そうです。

大貫 高いでしょうに。

畠山 今は漁師の高齢化が進んで担い手がいないので、タイミングが合えば譲ってもらえることもあるのです。廃船にするにも何百万というお金がかかってしまうので。

大貫 なるほど。でも、船は維持費も大変ですよね。燃料代とかもかかりそう。そんなに遠くの海までは行かないんでしょう？

畠山 船で一五分くらいの漁場までしか行かないですね。

小林　このあたりでも、いろいろな魚が獲れるんですか？

畠山　獲れますね。

大貫　この辺は相模湾につながっているので、魚介の宝庫ですよ。

小林　それはいいですねえ。ところで畠山さんの一日ってどんな感じですか。

畠山　夜は飲食店でアルバイトもしていて遅いのですが、たとえば八月は朝五時くらいに船を出して、一時間半から二時間で帰ってくる感じですね。前の日の夕方に網を落としておいて、翌朝、それを引きあげます。今、獲っているのはエビですが、網にはエビと一緒にいろいろなゴミがついてくるので、船の上でそれをきれいな状態にして、またセットして戻ってくる。それからちょっと休憩して、今日は一〇時から午後一時半頃まで、潜ってきました。

小林　それでアワビとサザエを。漁師の仕事は、面白いですか？

畠山　まだ四年目ですけど、面白いですね。遊びではないものの、獲れたら大当たりというところなど、ちょっとギャンブルっぽい。ほかの漁師が獲れなかったり、自分の獲物のほうが大きかったら、やったあ！　と思いますし。

小林　将来的には、ご家庭を持つ可能性も、なきにしもあらずじゃないですか。そういう暮らしは、どうなんでしょう、想像できますか？

畠山　うーん、あまり考えていないんですけど、葉山に隣接する逗子には女性漁師が三人いるんですよ。そのうち二人は子持ち。鎌倉にも女性漁師が三人いて、二人は子持ち、しかも一人はシングルマザーで三人の子どもを育てているんですよ。

大貫 え、漁で？

畠山 そうです。私はその人と知り合って、女性も漁師になれるんだと思い、学校の仕事をしながら週末にお手伝いに行ったりしました。それが、私が漁師になるきっかけになりましたね。

小林 ほかの方々は、夫も漁師さんなんですか？

畠山 だんなさんはみんな、別の仕事をしています。

小林 たくましいですね。

スーパーの魚はつまらない

大貫 毎日お魚を食べてます？

畠山 食べてないです。魚は私にとって〝お金〟も同然なので、あまり食べないですね。

大貫 獲れた魚は全部売れるの？

畠山　だいたいは売れます。

大貫　そうなの。優秀なんだなあ。

畠山　できれば葉山の人たちに食べてもらいたくて地元に卸していますが、葉山だけでは限界もあって、地方発送もしているのです。

小林　じゃあ、普段はどんなものを食べているんですか？

畠山　野菜ですね。基本的に家ではお肉を食べないので。卵は食べますけど。

小林　大貫さんはどうですか？

大貫　最近お肉はあんまり食べなくなりましたね。魚が多いです。でも、スーパーマーケットに売っているのは、知っている魚ばかりでつまらない。知らないお魚を食べてみたいと。（笑）

小林　地方に行くと、知らない魚がいっぱいありませんか？　珍しい魚が季節ごとにたくさんあって。そういうのを食べたいけど、葉山には商店街がないので。いい魚屋さんもありますが、ちょっと遠い。それに今はひとり暮らしだから……。

大貫　そう、それ！　どこに暮らしても、〝ひとり暮らし〟問題はありますね。ところで、大貫さんは田んぼもやっていらっしゃるんですよね。

小林　秋田で無農薬の米作りを、もう一〇年やっています。葉山に引っ越してきた当初は、庭の一部を畑にしていましたけど。野菜はご近所からいただけるので。

小林 年に何回くらい秋田へ行くんですか？

大貫 日々の管理はしてくださる方がいるので、私が行くのは三、四回ですね。草取りが一番大変です。

小林 一〇年くらい前というと、ちょうど今の私くらい。五〇歳を過ぎてから始めたということですね。何かきっかけはあったのですか？

大貫 都会の人、特に東京では、いざというときは誰かが何とかしてくれるだろうという、〝おんぶ状態〟を感じます。災害が起きたら誰に文句を言ってもどうにもならないくらい、人口が密集しすぎていますしね。

小林 そうですね。

大貫 だから私は、自分でできることは自分でしようというのが、始めたきっかけなんです。気候変動を意識するようになって、水不足や食料危機はいつか必ず来るだろうと、二〇年くらい前から考えていました。そのときに何が一番必要だろうか。やっぱりお米だ！　と。お米があれば、味噌も醤油も造れるでしょう。

小林 和食の基本ですね。

大貫 それにお酒も造れるかもしれないし。って冗談だけど。それで、通っているヘアサロンで、「誰かお米作ったほうがいいんじゃない？」と言い続けていたんです。そしたら、私の担当をしてくれている方のだんなさまの実家が秋田で、

小林　最初はそのご夫婦が、秋田で米作りを始めたんです。
大貫　えー！　言い続けてみるもんですね。
小林　そのうち「大貫さんの田んぼも確保できましたよ」と言ってくれて。以来、四人で続けてます。
大貫　お米はどれくらい収穫できるんですか？
小林　一番作っていたときは、一八九〇キロ。さすがに大変なので少し減らして、今は七五〇坪くらいで作っています。
大貫　すごい量ですね！
小林　でも、そのお米でお味噌も造っているので。札幌で自然食品をやっている夫婦と仲良くしていて、彼らが造っている「へうげみそ」という大豆と麹以外に三五種類くらいの原料が入っている味噌に、私の米麹も入れてもらって新作を造りました。もともとおいしい味噌ですが、さらに、ツタンカーメンの墓から発見されたマメ、それも入れてます。
畠山　面白いですね！
大貫　そしたらこれまた、ものすごくおいしくなってしまって、すぐに売れちゃうの。私のお米が入っている味噌のパッケージには、私の小さな顔写真も入っているんですよ。

小林 私の米で造りました！ みたいな。（笑）

大貫 あくまで私は自分で食べるためにお米を作っているので、味噌のためにたくさん提供はできない。だから、その味噌は少ししか造れないんです。

小林 いいな～、そういうの。

大貫 結局、味噌を造っているのは、そのなかで働いているさまざまな酵母菌たちなんですね。彼らが私のお米を気に入って、相性が合って、それでおいしいお味噌ができる。そういうのが、ものすごく面白い。

小林 菌たちも、一期一会。

畠山 出会いや相性なんですね。

いつかしっぺ返しが……

小林 自分で食べ物を獲るって、どういうことだと思いますか？

畠山 生きていく力というか、すごく大事なことだと思っています。今の子どもは、アジの開きが海を泳いでいると思っているんですよ。

小林 恐ろしい話ですね。

畠山 私もテレビのなかだけの話かと思っていたのですが、小学校などで出前授業をやって驚きました。「好きな魚は？」と聞くと、「回転寿司」。「この辺で獲れる魚は？」と聞くと、「シャケ」「イクラ」なんて答えが返ってくる。危ないからと親が海で遊ばせないのでしょうけど、子どもたちを見ていると、この子たちの将来は大丈夫かな、とすごく不安になります。

大貫　大丈夫じゃないと思いますよ。この問題は大きい。

畠山　なるべく、自分が生きていくための食べ物は自分で獲りたいなと思います。私がお肉を食べないのは、自分で殺生できないものを自分で調理したくないからなのです。だから少し前までは畑もやっていました。

大貫　私は、秋田で田んぼ作りに参加して一〇年経ちますけど、最初の三年ぐらいは生産者のお父さんたちと信じられないくらい一緒にお酒を飲みました。というか飲まされた。しんどかったですが、それでどんどん親しくなって、田んぼを広げてもらったり、面倒を見てもらったり。そこでしみじみ思ったのは、やはりお金じゃ買えないものがあるということなんです。3・11のときに私は、新横浜にいて葉山まで帰れなくて野宿したんですけど。

小林　野宿⁉

大貫　そう。あのときコンビニの棚は空っぽ、一瞬にして物が消えましたよね。お金があっても、物がなければなんにもならない。

小林 本当にそうですよね。

大貫 一次生産者の人たちは、おそらくものすごい誇りを持って、仕事をしているんです。そんな事態のとき、東京の人がお金を持って行って「何もなくなったから売ってください」と言っても、たぶん簡単には売ってくださらないと思う。苦労して作ったものも平気で捨てる。自然とともに生きる知恵や愛情、そういうことに対して、私たちは普段、なんの尊敬も持たずにお金を出せば買えるもの、と思っているとしたら、結局いつか、しっぺ返しがくるっていうことかもしれません。

畠山 そうかもしれませんね。

大貫 周りの人によく言うのは、田舎に田んぼがあるならば、今のうちに手伝いでもいいから、きちんとつながっておかなきゃダメよ、ということですね。漁業や農業に従事する人たちがいることの安心感。人間、食べなきゃ生きていけないですから。

小林 最近、新潟の米農家に嫁いでいった二〇代の友人がいて、ぜひ一度田んぼのこととかお米のこと、聞いてみたいと思ってるんです。

大貫 敬意を持ってつながる、ということが大事ですよね。今、若い子の間で、就職先がないとかいわれていますよね。そんななか、一次産業に活路を見出している若い人たちも多いですよ。

畠山　農業に従事する女性を「農ガール」とか言いますよね。

小林　じゃあ、畠山さんは「漁ガール」ですね！

畠山　漁ガール！（笑）

大貫　小林さんも、ぜひやってください。

小林　はい！　ここは太字で強調するくらいの気持ちで（笑）。

太い女

板谷由夏
平岩紙

いたや・ゆか

一九七五年福岡県生まれ。モデルとして活動後、九九年に映画「avec mon mari」で女優デビュー。女優のほかWOWOWの映画情報番組「映画工房」ではMCを、自身のファッションブランド「SINME」ではディレクターを務める（写真右）

ひらいわ・かみ

一九七九年大阪府生まれ。二〇歳で「大人計画」に参加。肌が紙のように白いため、劇団主宰者の松尾スズキ氏が「紙」と命名。ドラマ、映画、舞台など幅広く活躍。近年の出演作にドラマ「監察医 朝顔」「俺の家の話」など（写真中央）

お母さんは忙しい

小林　今日は〝太い女〟ということでお集まりいただきました。つねづねおふたりは、心もちというか、人間として太いところがおありになるなぁ、と。
平岩　うれしいです。
小林　紙ちゃんとはドラマの共演で知り合って、俳句の番組で吟行もご一緒しましたね。紙ちゃんのお姉さんのところに生まれた猫をいただいたり。板谷さんとは、最初に会ってから何年くらいになります？
板谷　私が二六歳くらいのときだから……。
小林　じゃあ一五年くらい前。当時はまだ独身でしたよね。
板谷　いまや八歳と四歳の男の子の母です。
小林　すごい！　最初のお子さんを出産したのがいくつのときでした？
板谷　三三歳です。下の子は、三七歳のとき。
小林　二児の母になり、一家に三人男がいる家を仕切っている。
板谷　長男、次男、三男。さらに猫、犬、みたいな感じです。
平岩　長男って、もしかしてダンナさんのことでしょうか。

板谷　はい。(笑)

平岩　私は母になったことがないのに、最近は母親役も多くなってきました。

小林　所属していらっしゃる劇団の「大人計画」では、どちらかというとアイドル的なポジションですよね（笑）。「わっ、紙ちゃん仕出し屋のおかみさんやっている」と驚きました。

平岩　そもそもは、消臭剤のコマーシャルでお母さん役をやるようになって。想像でお母さんを演じるしかないので、なかなか難しいですね。しかも現場では、「子どもをうまく扱え」みたいな空気がある（笑）。今はまだ、子どもと一緒にいるのがちょっと恥ずかしいという気持ちがあります。

板谷　なぜ恥ずかしいの？

平岩　もともとの性格かもしれません。子ども言葉とかも苦手で、大人相手みたいな話し方しかできないし。

小林　私もそうかも（笑）。それにしても板谷さん、お子さんを育てながら仕事をするのはどんな感じですか。

板谷　子どもが赤ん坊の頃は、現場に搾乳器を持っていっていました。ワンシーン撮り終えると胸がパーンと張るので、搾乳して冷凍庫に入れて。

平岩　わっ、すごい！

板谷　目が回るみたいな忙しさで、日々どうやって過ごしているのか、まったくわからない状態でしたね。その頃に比べたら、多少は落ち着きましたけど。

小林　自分の時間はどうやってつくるの？

板谷　家にいるときは、自分の時間はまったくないですね。なにせトイレにまで子どもがついてきますから。郊外に住んでいるので、自分の車で仕事の現場に向かうまでの時間に、あれこれ考えたり、感情を整えたりしています。

小林　ある意味、仕事に出かけているときのほうが自分の時間を持てるという。

板谷　そうですね。

小林　そういう意味では、外へ仕事に出かける男の人のほうが楽かも。

板谷　うちは夫も自由業なので、父ちゃんがふたり、母ちゃんがふたりいるような感じです。私が外で父ちゃんをやるときは、向こうが母ちゃんをやってくれる。向こうが父ちゃんやっているときは、私が母ちゃんをやる。

平岩　それはいいですね。

板谷　ただ、夫は料理ができないので……。映像の仕事は、終わりの時間が読めないでしょう。夜の一二時くらいに帰ってきて、翌日のために三食分料理をして、朝四時半にまた出かけたりしています。

平岩　うぁっ！　ダメだ、私には絶対できそうもない！　そういう状況になってしまえば頑張るのかもしれないけど、今は仕事でいっぱいいっぱいなので。

小林　三〇代、四〇代は働き盛りですからね。

平岩　そうですね。今年は、今までで一番忙しい気がします。

板谷　私は自然な流れにまかせて子どもを産んだので、「今が働き盛り」とか、何も考えていなかった。

小林　たしかに、考えてしまったら、なかなか産めないかも。

板谷　出産、子育て、仕事でバタバタしていたのは、ちょうど今の平岩さんくらいの年頃です。当時はとにかく時間が気になって、いつも目が泳いでいる状態でした。最近やっと、こうして人の目を見て話す余裕ができたという感じです。（笑）

人に頼るくらいなら

小林　紙ちゃんは初めて会った頃から〝太い〟という感じがしてました。自覚あるでしょう、紙ちゃん。（笑）

平岩　大ざっぱなところとか、「なんとかなる」と思えるところとか。変な正義感はもっていました。

板谷　それは昔から？
平岩　若い頃はもっとふわふわしていましたけど、どんどん強くなってきた。
板谷　「大人計画」という劇団にいるからかな。
平岩　たしかに、劇団ではかなり鍛えられました。
板谷　ぼやぼやしていると、「置いていくぞッ、こらぁ」みたいな雰囲気でしょう。
平岩　恥ずかしがったりしていると現場を凍らせてしまうので。ずっと、みんなを安心させなきゃ、と思いながらやってきました。
小林　何歳で劇団に？
平岩　二〇歳なので、もう一六年になります。でもいまだに、一番下。だから、劇団にいると楽なんです。
板谷　なぜ下が入ってこないの？
平岩　一時、研究生として若い人が入ってきましたが、残ってないです。今の若い子たちは、怒られるのに慣れていないから、怒られると落ち込んじゃったりして。
小林　心の病気になったりするんでしょうね。
平岩　はい。何も言わずに、突然来なくなったり。
小林　みっともないことや恥ずかしい自分を、人前でさらせない。
平岩　そんなふうだから、若い子を育てるのがしんどいみたいです。

板谷 劇団が高齢化しちゃいそう。

平岩 まさにそうです。公演中も、「膝が痛い」とか「いい病院、知ってる?」とか、みんなで支え合っています。(笑)

小林 「大人計画」で過ごしたこれまでの一六年が、紙ちゃんを太くしたと。

平岩 劇団以外のテレビや映像も含めて、仕事のおかげでしょうね。年齢とともに、やっぱり責任が重くなってきましたから。映像の現場に入っても、「ある程度できるんでしょ」という無言の圧力があるし。監督からいろいろ言われなくなってきて、ちょっとヤバイな、と感じています。

板谷 監督が年下になったりしてきますものね。

平岩 はい。だから、しっかりせざるをえない。

小林 でも、無理してそうなった感じはしないので、もともとそういう性分だったんでしょうね。「人がどう思おうと、私は私」という感じで。

平岩 たしかに子どもの頃からマイペースでしたね。あまり友だちをつくらなくても平気だし、ひとりで遊べる感じでした。

小林 へー。

平岩 高校は女子校で、卒業するときにクラスメート同士で名前や住所とかを書いたメッセージカードを交換したんですね。みんな将来の夢は「お嫁さん」と書いていました。でも私はそんなことはまったく考えもしなかった。人を頼るのが面倒くさいし、貸しをつくるのも苦手。人に頼るくらいなら、助けるほうがまだいい。

板谷　太いですねぇ！

平岩　板谷さんは今までに、精神的につらかった時期ってありますか？

板谷　聡美さんと最初に出会った、二五、二六歳頃がそうでした。

小林　あの頃は神経が細いというか、ナイーブですごく傷つきやすい感じでしたよね。

板谷　仕事でもプライベートでも、悩んでいましたから。当時に比べると、相当太くなったと思います。

平岩　それは、母親になったからですか？

板谷　若い頃は自分のことでいろいろ悩んでいたけれど、悩む暇がなくなって。人のために時間を使い、子どものことで悩んでいるうちに、自分のことはどうでもよくなっちゃったみたいです。

小林　板谷さんは、結婚して本当によかった。それで強くなった気がします。おふたりの、太さのルーツ、面白いですね。私はどうなのかな。

板谷　三人のなかで、一番変わっていないんじゃないでしょうか。

平岩　聡美さんみたいに年を重ねるには、どうしたらいいんですか？

小林 年齢のことを全然考えてないのがいいのかな？

平岩 私にとって聡美さんは、憧れというか、道しるべみたいな存在です。

小林 えっ、どういうところが？　聞かせて！

平岩 センスがいい。

小林 何の？

平岩 生き方の。さっぱりしているし、自由気ままに見えるけれど、周りの人に対して上手に気を使って。こまやかだけど、おおらかな感じがします。

小林 おっ！　ありがとうございます。

平岩 そうか。年のことを意識しなければいいんですね。

小林 「こうしなければ」ではなくて、自分にとって居心地のいい状態でいるのが、一番いいんじゃないでしょうか。

平岩 今の私は、ひとりの生活を満喫しています。最近は夜中に「今日、処分できるものはないかな」とふつふつ欲求が湧いてきて、どんどん物を捨てているんです。すると、自分の生活空間がますます快適になる。

小林 わかります！　私は四〇代半ばで一度、大きな断捨離をしたので、そういう意味では、今、すごく身軽です。人生の年輪を感じさせるような、たくさんの物に囲まれた暮らしも素敵だけど、今は自分の荷物のなさ加減が気持ちいい。それをキープしていきたいなと思います。

板谷　私も同感。毎日忙しいと、整理整頓や掃除に時間を割くのがもったいない。だから、なるべく物は減らしてシンプルに暮らしたいですね。

流れがむしろ太くなる

平岩　私は今三六歳ですが、年齢的にいろいろ考える時期なんでしょうね。皺や白髪も顔を見せだしたし、仕事も、もっとマイペースでいきたいなと思い始めたり。これからどう生きていくか、けっこう考えます。

小林　忙しい時期は、あえてマイペースにとか思わないで、その勢いに身をまかせたほうがいいと思いますよ。

平岩　ただ、子どもを産むとしたら、そろそろ考えなければいけない時期でしょう。

小林　ああ。女性は出産のタイムリミットが近づくと、「このままでいいんだろうか」という気持ちが芽生えますよね。

平岩　とはいえ、出産・子育てで今の仕事の流れを止めるのも怖い。

板谷　子どもを産んでも、意外と流れは止まらないものですよ。むしろ、新たな流れが合流する感じ。

小林 なるほど。流れがむしろ太くなるんですね。

板谷 そう。だから、勢いが止まるんじゃないかという不安でブレーキをかけるとしたら、もったいないと思います。

平岩 そうか。新しい流れが加わると考えたほうがいいんですね。

板谷 そのせいで、流れが変な方向に曲がることはないから。だから、ほしいなら産んだほうがいいと思う。

小林 太いねぇ（笑）。紙ちゃん、子どもがほしいと思いますか？

平岩 どんな子が出てくるのか、ちょっと興味はあります。子どもが大人になったとき、面白そうだし。とはいえ、肝心の相手はいないのですが。（笑）

板谷 子どもというつながりができると、一生、子どものことを心配していなくてはいけない。それを考えると、ときどき「わぁ、大変だな」と思うこともあります。

小林 私はいま五一ですが、いまだに母は私のことを多少は心配していると思います。五〇年も心にかける存在がいるなんて、すごいことですよね。

平岩 私は、貸しをつくるのが苦手なので、もし子どもができたら、子どもに看取ってもらうのが申し訳ない。

板谷 あははは、そこに戻るか。面白い！

小林　結局、女の〝太さ〟とは、ひとりでも家族がいても、楽しく、不足なく、機嫌よくやっていけるということでしょうか。

板谷　機嫌よく生きるには、忍耐力が強くないとダメですよね。

小林　そうですね。まわりのことを気にしすぎてもダメだし……。

板谷　聡美さん、忍耐力がありそうですね。

小林　たぶん、すごくあるかも。（笑）

板谷　そのうえで、「私は私」という強さがある。忍耐力がなくて「私は私」という、いわゆるワガママなタイプの人もいるけれど、聡美さんは決してそうではない。

小林　私の場合、自分から積極的に「あれがしたい」「これがしたい」という人生ではない気がして。すべて受け身みたいなところはあります。何事もとりあえず受け入れ、受け止めるという点が、もしかしたら私の〝太さ〟かもしれない。

板谷　わかります。私も流れに逆らわずに生きてきたと感じています。そのせいか、たまに「意見がない人」とも言われますが。

小林　そもそも私たちの仕事はオファーがないことには始まらない。そういう意味では受け身でいることに結構慣れているとも言える。

平岩　そうですよね。来たものに対して、「はい」とお答えする。

小林　でも紙ちゃんは、自分で企画して舞台のプロデュースもしているじゃない。誰もがやれることではないですよ。すごいこと。

平岩　初心に帰って、こちらのコンディションが全部ばれるような小さい小屋で、お客さんの間近で演じよう、と。ちょうど今、その二人芝居の稽古中です。経済的にはなんの足しにもならないし、場合によっては持ち出しですが、自分を試したいし、何か新しい発見をしたい。

小林　紙ちゃんはホントにたくましい。忍耐力も相当強そう。（笑）

平岩　二歳のとき、胃潰瘍で胃を半分切除した経験があるからかもしれません。当時のことは覚えていないのですが、母がそばにいるとぐずるけど、検査室に連れて行かれると泣くのをやめてじっとしていたらしいです。

小林　もしかしたら、それが生命力のターニングポイントだったのかもね。実は私も生後九ヵ月で腸重積の手術をして。麻酔もできなかったそうで、気絶していたらしいです。

板谷　おふたりとも小さい頃の経験で〝忍〟が生まれ、物事を受け入れる姿勢が身に備わったのかも。

小林　なるほどー。我々の太さは、〝腹切り〟の経験によるものが大きいかもしれませんね。（笑）

女は気合ではねのける

板谷　もともと女という生き物そのものが、太い気がするんです。平岩さんは実家のお母様が猫の保護活動をなさっているから、動物が身近ですよね。

平岩　はい。

板谷　私も猫や犬をずっと飼ってきましたが、病気などの際、オスとメスでは全然態度が違います。オスは「痛い～」みたいな態度を取りますが、メスは部屋の隅でじーっとしている。

平岩　あっ、たしかにメスはあまりそういう信号を出さずに、じっと耐えてますね。

小林　へぇ、そうなんですか。私は犬も猫もオスしか飼ったことがないので、比較ができないのですが。

板谷　とにかくオスは、すぐアピールする。うちの男三人もそうですが。（笑）

平岩　男の人のほうが、体も弱い気がします。舞台の公演中も、男の人のほうが風邪を引く率が高いし、ちょっと熱や咳が出ると「あぁ、ダメだ」とかすぐ弱音を吐くような……。女性は、大事なときは「風邪なんか引いてなるものか！」と、気合ではねのける。

小林　猫も犬も人間も、女は太い！

平岩　神様は精神面の強さを女性に与えて、力の強さを男に与えたと、よく言われますよね。でも精神面だけではなく、肉体の機能面でも女性のほうが強くできている気がします。やっぱり子どもを産む性だからかも。

小林　痛さに対する耐性も、男性よりすぐれているらしいですよね。お産と同じ痛みを男性が経験すると、死んじゃうなんてことを聞いたこともあります（笑）。そのうえ女性には、変化を柔軟に受け入れる太さもあって。

板谷　新しいことへのチャレンジも、女性のほうがためらわない。仕事に関して言えば、おふたりと違って、私はまだ舞台の経験がありません。でも近い将来、お話が来たら、柔軟に受け入れ、受けとめてみようと思っています。

小林　おっ！　舞台をやりますか。でも、稽古を終えてから家族のこともやるなんて……。その大変さは想像もつきません。

平岩　稽古場から帰ってくると、抜け殻みたいになりますものね。

板谷　でも映像の現場と違って、稽古も公演も、終わりの時間がはっきりしているでしょう。小さな子どもがいる場合、時間が読めないほうが、やきもきしてイライラするから。舞台はすごく大変だろうけれど、たぶん大丈夫。

小林　出た、ラスボスの太さ！

平岩　やっぱり母ちゃんは太い！

板谷　たまに細いふりをして、男を頼る人もいるけれど。

小林　わー。それ太いわぁ。（笑）

平岩　テレビの街頭インタビューとかで、「クリスマスに彼に何をプレゼントしてほしいですか？」とか聞かれて「バッグぅ」とか答えている人を見ると、信じられない。なに、人からもらおうとしているんだ！　って。

板谷　紙ちゃん、おかしい。最高！

小林　板谷さんは、どんな舞台を見せてくれるのか。紙ちゃんは今後どんな仕事をしていくのか。はたしてお母さんになるのか。おふたりとも、これからますます太くあれ！

誰かと食べる、って？

白旗眞生
野村友里

しらはた・まき

一九四九年山形県生まれ。ピアノ教師として活動後、社会人入試を経て大学で心理学を専攻。以後、民生委員、小学校で発達障害児の介助員、NPOのカウンセラー等を経て、二〇一〇年に「青少年の居場所キートス」設立（写真中央）

のむら・ゆり

ケータリングフードの演出や料理教室、イベント企画・プロデュース・キュレーションなど、食の可能性を多岐に渡って表現。二〇〇二年に restaurant eatrip（原宿）を、一九年に eatrip soil（表参道）をオープン。著書に『eatlip gift』『春夏秋冬おいしい手帖』『Tokyo eatrip』『TASTY OF LIFE』ほか（写真右）

「家」のような場所を目指して

小林　今回は、「食べること」にかかわる活動をなさっているお二方にお越しいただきました。白旗さんはNPO法人「青少年の居場所キートス」という団体の代表ですが、どんな活動をなさっているのですか？

白旗　悩みを抱えたり生きづらさを感じている子どもたちのために、安心してすごせる居場所の提供をしています。今は東京の調布市で、修道会の敷地にある建物をお借りして活動しているのです。

小林　「居場所」というと具体的にはどんなところなのでしょうか。

白旗　七年前にキートスを立ち上げたとき、まずは子どもたちが自由に出入りできる「家」のような場所であることを目指しました。そのうち、みんなで食事をしたほうがいいと思うようになって、今は週に五日、昼と夜の食事を提供しています。そのほか子どもたちの話し相手になったり、学習支援もしています。

小林　それはボランティアの方々でなさっているのですか？

白旗　ええ、そうです。六五人ぐらいいます。

野村　すごい！　そんなにたくさんいらっしゃるとは。

白旗　月に一回だけ来ていただける人もいれば、週に一、二回という人もいるので。食事、掃除、学習支援、事務など、自分が得意なことでサポートしてくださっています。
小林　白旗さんご自身もそこでお料理をされるんですか？
白旗　最初の頃はしていましたが、今は曜日ごとに担当が代わるので、みなさんにお任せ。食事はいつもすごく凝ったものが出るんですよ。提供していただいた食材を見て、まずはレシピを調べるところから。見たこともない食材をいただくこともあるのですが……あれ、何豆って言うのかしら。ギザギザしたやつ。
野村　四角豆ですかね。インゲンとエンドウの間みたいな。
白旗　そうそう。そういう珍しい食材をいただくと、調理方法もわからなくて。毎日野菜が豊富に食卓に並びますよ。
小林　寄付してくださる方が、それだけいらっしゃるということですね。
白旗　そうですね。「もったいないをありがとうに変える」という活動をしている、セカンドハーベスト・ジャパンというＮＰＯ法人があって、食材を提供してくださっています。あとは、全国の農家さんなどからも。
小林　へえ〜。ネットワークが幅広い。
白旗　はい、おかげさまで。やはり今の時代、子どもたちの置かれている貧困の現状に胸を痛める方が多いのだと思います。「子どもたちに何かおいしいものを食べさせてください」というのが、みなさんのお気持ちなんです。

「とにかくよく食べて、よく寝なさい」

小林　一方、野村さんは、今日の鼎談会場でもある素敵なレストランの経営や、ケータリング、フードイベントのプロデュースなどをなさっていますよね。もともとお料理が好きだったんですか？

野村　うちの母が、とにかくお腹のすいている人が目の前にいるのがイヤな人で。いるじゃないですか、「もうお腹いっぱい」と言っているのに、「まだまだ」って食べさせようとする人。

小林　はいはい、いますよね。

野村　うちの母、そういう人なんです（笑）。だから我が家には、本当にいろんな人が食べに来ていました。私はそれをずっと見てきたので、食が仕事になると思ったことはなく、料理は「当然するもの」だと。食いしん坊でしたから、ほかの勉強やお稽古よりは料理がやりたいと思ったけれども、本当は写真とか音楽とか、そっちのほうに進みたかったんですよね。でもまあ、料理が残った、って感じです。

小林　じゃあお母様の影響が強かったのですね。

野村　すごいんですよ、母の存在感は（笑）。今思えば、うちに食べに来ていた人たちも、外では生きづらさを感じていたのかもしれません。思春期の弟の友だちが、弟がいないときでも食べに来ていましたから。友だち同士では話さないようなことを、母にポロポロと話していくんです。それを母が真剣に聞いているかというと、そうでもなくて。なにかいいこと言ってるのかなと思いきや、「とにかくよく食べて、よく寝なさい」ぐらいしか言ってないんです。（笑）

白旗　それがいいんですよ。

野村　生きづらさを感じているような子は、少し人より繊細というか、多感なところがありますよね。きれいな器に料理を盛ると、反応が違いました。母はそういう子が大好きで、「このお皿、きれいだね」と素直な反応があると、「あなた、よくわかったわねえ」というところから仲良くなっていくんです。

白旗　とても素敵。人のために作る食事って、やっぱり違いますよね。ただ口にするだけならコンビニのお弁当でもいいわけですけれども、食べる人がいて、作ってくれる人がいるというその関係がいいのだなって。子育てでも、「男の子にはとにかく食べさせなさい」と言いますよね。家でしっかり食べさせていれば、

小林　外でどんなことがあっても戻ってくるから、と。

白旗　食事の力って、底知れないですね。私、仕事で一度、青森県の「森のイスキア」の佐藤初女《はつめ》さんを訪ねたことがあるんですが、とにかく、本当に山盛りのご飯を食べさせられるんですよ。もう勘弁してください！　というぐらいに（笑）。でも、お米の力って不思議で、食べるとなんだか体を動かしたくなるというか、気持ちが動き出すというか。

小林　初女さんが亡くなられたあとに出版された本にも、「ご飯が一番大事」と書いてありました。

野村　「森のイスキア」には、生きる希望の持てない人がよく訪れると聞きましたけど、ほかほかの温かいご飯をお腹いっぱい食べたら、死にたいなんて気持ちにも気づかないだろうって。そういうことが、すごくよくわかったんです。だから腹八分目も大事だけど、つらいときはとりあえず、苦しいほど食べるのもいいんじゃないかと。

やっぱり食べ物には人を動かす力がありますね。

「家庭のごはん」にこだわって

小林 野村さんの作るお料理はすごくおしゃれで、華やかですよね。ご自宅でいつも食べていた料理は、どんな感じでしたか？

野村 母の料理はいつも即興。来客があると気取ったものが出るんですが（笑）、突然の訪問が多いから、基本はバッと冷蔵庫を開けてダダダダダッ！　と作るんです。私はそっちのほうが好きでした。その代わり、二度と作れないものが多いんですけど。

白旗 さっき器の話が出ましたでしょう？　うちに来る子どもたちはそういう環境のなかで育っていないから、「これが素敵な器」ということがわからないんです。でも私は、子どもたちが大人になって家庭を持ったときに、「そういえば、キートスではあんな器で食べていたな」ということを思い出してほしいの。だから最初の頃は、素敵な食器で食べるようにしていたんですよ。今はちょっと人数が増えてしまって、そこまでこだわれなくなりましたが。（笑）

野村 それは絶対、覚えていると思いますね。

白旗 そうでしょう。だからお菓子とかもね、たとえば「とらや」の羊羹《ようかん》をいただいたりすると、何も説明せずに食べさせて、さりげなくとらやの包装紙をそばに置いておく。

小林　へえ〜。

白旗　「あのときに食べたおいしい羊羹は、そういえば、この模様の包み紙のお店だった」とか、そういうことから始まってほしいなと思って。

野村　なるほど〜。

白旗　それから、施設だとワントレーの食事が多いじゃないですか。でも私は「家庭のごはん」にこだわって、箸置きに箸を置き、茶碗にご飯をよそって、主菜があって――というスタイルにしています。必ず一品は大きなどんぶりを使って、取り箸を使うことを子どもたちに教えたいとも思っているんです。だから夕食時には一晩で一〇〇枚ぐらいの食器が出るんですけど、それも全部、私たちで手洗いしてます。

小林　すごい！　夕食は何人ぐらいで食べるんですか？

白旗　夜は二〇食ぐらい作っていますね。

小林　みんなで顔を合わせて食べていらっしゃる。

白旗　はい、みんなで一緒に食べます。テーブルが二つあって、一〇人ぐらいが一度に食べられるので、二回ぐらいに分けて。毎日顔を合わせていると、自然と

小林　「今日はそういえば○○君がいないね」という会話になりますね。

白旗　そこでごはんを食べるのに、何か手続きは必要なんですか？

野村　最初に登録してもらいますけど、その後は別にいつ来てもかまいません。

小林　不思議な場所ですね。

白旗　ねえ、本当に。

野村　はい、とても不思議な場所だと思います。共通しているのは、みんな家に居づらい子、というところだけです。

白旗　私の実家にも、本当にいろんなタイプの人が食べに来ていましたね。みんな学生だったので、お礼なんてできないのですが、ある人がカセットテープに自分の好きな音楽を入れて母にプレゼントしてくれたんですよ。映画のサントラなんかが入っていて、それがすごく趣味がいい。母は、音楽のことはよくわからないけど、たまに「あ、これ知ってる」とか言って、口ずさんだりしていました。そういうのがいいなーと思うんです。一方的ではない、キャッチボールのような。

野村　何かをしてあげる人とされる人の関係って、いつも「してあげる」だけじゃなくて、ちゃんとその人もいただいているんですよね。

白旗　そう。だから母も「やってあげた」とか、そういう気持ちはまったくなかった

小林　と思います。

あちらこちらでいろいろな種がちょっとずつ広まって、音楽が好きな人が器の美しさに気づいたり、またその逆もあり。我々も日々、誰かと何かを交換しているのでしょうね。

白旗　私たちも、自分たちは支えている側だと思っていても、実は毎日子どもたちからエネルギーをたくさんもらっています。大変なことはたくさんあるけれど、誰かの小さな変化をみんなで喜んだり。支え合っているわけです。

小林　そういうところで、「踏ん張れる力」みたいなものが養われるのかもしれないですよね。

白旗　そうですね。

同じものを食べることで

野村　「キートス」に来る子どもの親御さんに会う機会はあるんですか？

白旗　あまりないんですけどね。長い間かかわっていると、なんとかこの子のお母さんに会いたいなあと思って、何年か越しで会えるときもあります。でもなかには、「キートス」に来ていることを親に知らせていない子もいるので。

野村 ああ～。自分の意思で来ているってことですよね。
白旗 まあ、そうですよね。
小林 家庭ではごはんを食べられないというのは、貧困が理由で？
白旗 貧しいだけじゃなくて、たとえば二番目のお母さんだったりすると、先妻の子どもにとてもつらくあたるとか。それが現実ですよ。
小林 本当ですか。
白旗 たとえば、うちに来たときに栄養失調状態だった中学生がいるんです。家に帰っても、「まともにごはんの用意をしてくれないよ」って。実は、本当のお母さんじゃないんです。
小林 それは複雑ですね。
白旗 「どんなものを食べてるの？」と聞いたら、「お釜にごはんが入っているから食べなさい、と言われてなかを見たら、ほとんど入っていない」とか。その子はうちで一年間、ほとんど毎日食事をしていたら、栄養失調の状態を抜け出して、背もぐっと高くなりました。
小林 ああ、よかったですね。
白旗 あとは、母親が精神疾患で家で寝ていたりして、ごはんが食べられない子。父子家庭の子も多いですね。母子家庭より経済的には少し楽だけれども、夕食の時間に父親がいないから、毎日コンビニでお弁当を買ってきて食べている。だから単なる「貧困」ではなくて、私は「精神的貧困」と呼んでいるんです。

野村　そういうお子さんは、どうやって白旗さんのところにたどりつくんですか？

白旗　子ども家庭支援センター（子家セン）やスクールソーシャルワーカー（SSW）の方がキートスを紹介するケースが多いんです。

小林　でも、見つけてもらえない子もたくさんいるでしょうね。

白旗　います。たくさんいます。

野村　おうちで食べさせてもらえないなんて、プライドがあって言いたくないですもんね。

白旗　そうなんです。子どもはみんな親を守りたいものですから。

野村　言える子ならまだ救いがあるけど、言えない子のほうが多いような気がします。

白旗　子家センやSSWが学校と連携して、不登校の子や、登校していても問題を抱えているような子の情報を得て、キートスに連れてくることもあります。今、来ているなかにも、家庭ではお風呂に入れない子がいるので、銭湯に行かせたり、洋服を買ってもらえない子がいる場合には、寄付していただいたなかから気に入ったものを持って帰らせるとか。

小林　そうなんですね……。

白旗　今の時代にそんな子が、と思うかもしれませんけど、たくさんいるんですよ。
野村　そういう子どもたちどうしは、友だちになれるんですか？
白旗　きょうだいみたいになります。たとえば「昨日、家でこんなことがあったんだよね」と誰かが話すと、みんなが「大変だったね～」って。どんどんオープンになっていくんですよ。それは私、やっぱり同じものを食べるという「食」の力じゃないかと思っているんです。
小林　きっとそうですね。

「おいしかった」と笑うこと

野村　私にとって「食」はたぶんコミュニケーションツールなんです。母の「誰かに食べさせたい」という情熱は多分に引き継いでいるとは思うんですが、私の場合は母と違って、話さなくてもいいかなと。作って食べて、それだけでみんながすっごく盛り上がっている。その空気感が好きなんです。
白旗　そうそう。それがいいんですよね。
野村　この人とこの人を出会わせたいなというときも、食べ物を媒介にすると自然とうまくいく。意味のない時間が大事というか……無駄が好きなんですよね。

小林　素敵～。無駄が好きなんて。見習いたいです。

野村　このお店を持ったのもチームワークの延長からですし、よい場所にもめぐり合えたので、これはやりなさい、ってことなんだなと。こういう場があると、止まり木のように人が集まって、いろいろなことが生まれるんです。もちろん自分の思い通りにいかないことだらけだけど、結局、笑えればいいんだと思うんですよね。

小林　そうですよ。おいしいごはんを目の前にして、緊張した感じにはならないですもん。

野村　「おいしい」ってなんだろうと思うと定義が難しい。お腹がすいているときのおにぎりのほうが、何時間もかけて作る凝った料理よりずっとおいしく感じたり、誰と食べるかによってもまた味わいが変わってくる。「おいしかった」と笑えば、ふっとスイッチが入って元気になったり。でもそれって実は、笑えた自分をよかったと思うというか……、うまく言えないけど。

小林　あー、わかります。ひとりでごはんを食べるときでも、器にすごくきれいに盛りつけられたときとか、ちょっとうれしかったりしますよね。そんなちょっとしたことで、ひとりの食事も少し豊かになるというか。

野村　どっちが先かわからないんですけど、食事はしんみりしちゃいけないと思ってます。

白旗　そうですね。食卓をみんなで囲んで笑えるのは、幸せなこと。

小林　考えてみれば私の場合、食事のときはほとんどひとりです。なんでこんなにひとりで食べているんだろうって思うくらいに。まあ、自分でそうしているんでしょうが……。最近は食事といっても単なる栄養補給になっていて、もったいないと思ったりします。

野村　小林さんは食べたものをエネルギーに変えて、誰かに伝えるというお仕事をなさっているから、すべてがつながっていると思いますよ。

白旗　誰もが実現できるわけじゃないけれど、やっぱり誰かと一緒に食べるって、いいですよね。

小林　本当に。子どもの頃は当たり前だったけど、それって贅沢なことだったんだなと、今になって気づかされるというか……。それに、年をとればとるほど、ひとりの食事には限界があるなと思って。ひとり分の料理って、けっこう大変。たとえばキャベツを丸ごと一個買ったら、一気に食べなきゃいけなかったりする。なぜ私は必死になって、キャベツの姿煮を食べ続けているんだろう、みたいな。（笑）

野村　キャベツの姿煮！　メニューに入れたい。（笑）

白旗　私も今は、子どもが独立しているので、誰かのために作らなくなりましたね。毎日、キートスで食べるだけ。

小林　いいなあ！　私も食べに行きたくなりました。キートスや、野村さんのお母さんの家に。（笑）

九州男児と語らう

光石 研

役所広司

みついし・けん

一九六一年福岡県生まれ。七八年、主演映画「博多っ子純情」で俳優デビュー。以来、映画、ドラマなど多数出演。近年の出演作は「あぜ道のダンディ」「おじいちゃん、死んじゃったって。」「わたしは光をにぎっている」ほか（写真右）

やくしょ・こうじ

一九五六年長崎県生まれ。九六年「Shall we ダンス?」「眠る男」「シャブ極道」で国内の主演男優賞を独占。二〇一二年に紫綬褒章を受章。近年の出演作は「孤狼の血」「すばらしき世界」「峠 最後のサムライ」（二〇二一年七月公開予定）ほか（写真左）

「あいつ、グレて帰ってきた」

小林　本日は九州出身のおふたりに来ていただきました。役所さんは長崎のご出身ですが、俳優になられる前は、四年間お役所勤めをなさっていたそうですね。それで「役所」という芸名がついたと。

役所　そうなんです。

小林　ちなみにどちらの役所だったのですか？

役所　東京都の千代田区です。

小林　え！　東京の役所だったんですか！

役所　そう。とにかく東京に出たくて公務員になったから。きちんと定時に終われる仕事に就いて、東京をしっかり見たいと思って。

小林　安定志向というよりは、ちゃんと遊べるように公務員になられたと。（笑）

役所　軽く仕事をしながら東京を見てみたいという、ただそれだけでした。

小林　ミツケン先輩はどうでしたか？　どうして福岡から東京へ？

光石　僕は高校生のときに『博多っ子純情』という映画でデビューしていたので……。

役所　『博多っ子純情』！　あれはセンセーショナルな映画だった。ケンちゃん、博

光石　多っ子じゃないのにね。

小林　そうなんですよ。それで当時すごく叩かれました。「あいつは北九州市出身なのに、なんで〝博多っ子〟なんだ！」と学校中で話題になり……。でもとにかく家を出たかったから、映画出演をきっかけに、高校を卒業したら東京に出てやろうと思っていたんです。

光石　もともと俳優になりたかったんですか？

小林　たまたま友人から、『博多っ子純情』のオーディションを一緒に受けないかと誘われたんです。男の子三人の話だというので、「この三人で受かったら面白いね」と、書類とかも全部、そいつが用意してくれて。でも、その言いだしっぺの友人だけ落ちて、僕ともうひとりが受かっちゃった。

役所　へえ！　そんなことがあるんだね。

小林　落ちてしまった子とはその後、友情にヒビが入ったりしませんでしたか。

光石　友情は大丈夫だったんですけど、そいつ、参加賞でもらった博多人形を割って帰ったと言っていました。博多駅のゴミ箱に捨てたって。

小林　捨てちゃいましたか（笑）。じゃあ、ちょっと面白そうだからやってみようかと。

光石　そうなんです。

役所　小林さんも若いときから始められましたよね。いくつのとき？

小林　一四歳です。その後、ほかにもいろいろ選択肢があるなか、乗り換えるきっかけを逃したまま、ここまで来てしまった、というか……。どうですか、役所さんは長く続けてこられて、ほかの仕事とか考えたことないですか。

役所　いや〜、ないですね。

小林　やっぱり、面白いからここまで続けてこられた、と。

役所　いや、これしかできないなって感じです。

小林　だって役所に勤められるぐらい、社会性もおありで……。

役所　いやいや、ホント、ダメな公務員でお恥ずかしいんですよ。税金で四年間も食べさせていただいて、申し訳なかったぐらい。（笑）

光石　役所勤めをなさっていたときに、無名塾の芝居をご覧になったんですか？

役所　無名塾ではなくて、そのときは俳優座の公演に誘われて観に行ったんです。そこで仲代達矢さんの芝居を観て、すごい！　と。

小林　その頃の仲代さんって、面白かったでしょうね〜。いや、今が面白くないという意味ではなくて、お若い頃のあのギラギラした感じ。

役所　うちの兄貴たちがすごく映画好きで。「三船敏郎さんの次には仲代達矢って役者が出てきたぞ」とかいう話を小耳に挟んでいたんです。だから仲代さんというのは映画俳優だと思っていたら、舞台での芝居もすごくて。

小林　じゃあ、ご家族の方たちは役所さんが俳優になられて喜ばれたでしょう。

役所　ひえ〜っ！　て感じだったでしょうね（笑）。うちの親父は晩年ずっと寝たきりだったんですけど、僕が無名塾に入って初めての旅公演に出て、ちょうど三日ぐらいの休みの間に死んだんですよ。そのとき、ギリシャ悲劇の群衆の中のひとりの役をやっていたので、髪の毛は真っ赤に染めさせられて、髭もじゃの姿で実家に帰ったんです。

小林　うわわわ……。

役所　それを見た近所の人が、「あいつ、グレて帰ってきた」って。

光石　やっぱり。（笑）

役所　そのとき、仲代さんが葬儀に供花を贈ってくださった。昔の供花だから、パチンコ屋の新装開店みたいに大きくて立派なやつで。そこに「仲代達矢」と書いてあるのを見て、近所の人たちが「どうやらあいつ、役者をやっているらしいぞ」と。そこでちょっと認知された感じですね。

映画を観ると食べ物に目が……

小林　ところで、九州の男の人はすごくおしゃれだというイメージがあります。言い

光石　方を変えれば、かっこつけているというか。（笑）
小林　博多弁で「ツヤつけとる」ってやつですね。
光石　それがチャーミングでかわいらしいな、と。
小林　でもそれは、博多のイメージじゃないかな。
役所　やっぱり博多はほかとは違うんですか？
小林　違うよね。もう、九州中が憧れる大都会だから。
光石　遊びに行ったりしました？
小林　行きましたよ。でも博多は、友だち同士で行くには、中学生にはまだ早い。高校生になってやっと、という感じ。うちは近くに小倉って街があったので、まずはそっちに行っていました。
役所　なるほど、小倉ですか。でも、小倉もおしゃれな街というか、大人っぽいイメージですけど。
光石　けっこうワイルドな街だよね。『無法松の一生』の街だから。
小林　当時は怖かったですね。「あそこに行っちゃダメよ」と親から言われて。
役所　役所さんは長崎の諫早《いさはや》ご出身ですよね。諫早はどうですか？
　いやあ、諫早はまったく。海があって干潟があって、田んぼと川と。平和なところですよ。

小林　じゃあ、何を観て東京に憧れたんですか？

役所　僕は「若大将」シリーズと、「無責任」シリーズですね。

小林　若大将！　加山雄三さんですか。

役所　そうそう。

小林　「無責任」シリーズというのは、クレージーキャッツが丸の内で働くやつですよね。たしかにあの頃の映画で描かれる東京は、すごくしゃれていましたね。車もかっこいいし、着ているものも皆、おしゃれだし。

役所　そう。でも僕は、ああいう映画を観ていると、食べ物に目が行ってね。見たことがない食べ物やレストランが出てくるでしょう。コカ・コーラを見て、あれは何だろう？　って。

小林　あの黒い飲み物は何だ！　みたいな。（笑）

役所　どんな味がするのかな、って。

光石　小林さんは、どこでお育ちになったんですか？

小林　東京の葛飾区です。寅さん的な雰囲気が、そこはかとなく漂う……。

光石　やっぱり銀座とかに遊びに行くんですか？

小林　光石さんが博多ではなく小倉に行かれたように、私も最初の登竜門は上野でした。

光石　なるほど。上野ね。(笑)

小林　中学生までは上野で、高校生ぐらいになると原宿とかに。

役所　その当時から原宿は若者の街だったんですか。

小林　ちょうど竹の子族とかがすごく盛り上がっていた時代です。

役所　ケンちゃんは「若大将」シリーズ、観てない？

光石　僕も観ていましたよ。うちの田舎では、『ゴジラ』と二本立てで上映されていました。

役所　あー、そうだね。そうそう。

光石　お盆と正月には必ず映画館に行っていました。親は若大将を観たくて、僕はゴジラを観たくて。

小林　ゴジラと若大将……。

光石　え。東京にはなかったんですか？　映画の二本立て。

小林　いえ、二本立てはありましたけれど、ゴジラと若大将という組み合わせにちょっと驚きです。

役所　同じ東宝だからね(笑)。映画といえば、時代劇もよく観に行きましたよ。僕の祖母は時代劇が大好きだったので、休みになるたび一緒に観に行ってました。諫早の街にも映画館は四、五軒ありましたから。

小林 そんなに小さい頃から時代劇をたくさん観ていらしたんですか。それが今の財産になっているわけですね。

役所 時代劇でも僕は食べ物に目が行っちゃって。おにぎりとか。飢えていたのかなあ。（笑）

小林 ミツケン先輩はおしゃれ小僧ですから、やっぱりファッションですよね。

光石 いやいやいや（笑）。まあ、映画で目が行くのはファッションでしたけどね。それこそ、青大将さんがかっこよかったんですよ。

役所 ああ！ 青大将ね。

小林 ちょ、ちょっと待ってください、青大将というのは？

役所 田中邦衛さん。

小林 あ〜、邦衛さんの！ そうかそうか。若大将と青大将。

光石 邦衛さんがね、とっぽい格好をしてるんですよ。こう、ちょっと遊びがある。

役所 あの頃から、細くて丈の短いズボンを穿《は》いてた。

光石 そう。普段もあの格好をなさっていましたもんね。

小林 じゃあ、もしかしてミツケン先輩のファッションリーダーは、まさかの田中邦衛さん⁉

光石 かもしれない。（笑）

小林　いいですねえ（笑）。それにしても、若い頃は都会的な暮らしや文化に憧れましたけど、この頃私は田舎暮らしに憧れます。

役所　そうですね。僕も田舎のほうが落ち着きます。

小林　役所さんは信州に山小屋をお持ちなんですよね。よく行かれるんですか？

役所　掃除したり草むしりもしなきゃいけないので、日帰りでも行きます。

光石　えー！　ホントですか。

小林　おひとりでも？

役所　ひとりでも。

光石　誰も知らないでしょうけど、役所さん、家具とかも作るんですよ。

小林　へえ！　家具って、テーブルとか椅子とかですか？　すごい。

役所　家具と言っても、廃材を使ってね。山小屋の近くに家具を作っている友人のアトリエがあり、そこに遊びに行くうちに教えてもらうようになって。あと、映画の撮影現場で美術さんが材料を古く見せるために削ったり焼いたり、いろいろやっている。ああいうのを見るのが好きなんですよ。特に道具が好き。鑿《のみ》とかそういうの。

小林　へえ〜。

役所　道具が好きだって言っていたら、うちによく出入りしていた大工さんから立派な鑿セットをいただいたんです。

小林　本格的ですね。

役所　……小林さんも持っていそうですね、鑿セット。

小林　そうそう家で鑿を……って、持ってませんから！（笑）

光石　九州出身とか関係なく、役所さんのこういうところがしゃれていて素敵なんですよね。

シンパシーを感じるところ

小林　ところで役所さん、先ほどお兄さんがいらっしゃるとのことでしたが、何人きょうだいで？

役所　五人きょうだいの末っ子です。

小林　えー！　すごい。それはかわいがられたでしょう。

役所　男ばっかり五人ですから、ほったらかしですよ。

小林　役所さんが末っ子というのは、なんとなくわかる気がします。どこかおっとりしているようで、でも大胆で自由な感じが。

役所　ああ、そうかもしれません。

光石　僕はね、おふたりにはすごく共通点があるような気がしているんですよ。まず、役所さんと小林さんは同じAB型なんです。

役所　そう、AB型。

小林　そこですか（笑）。でも私も役所さんとは、ちょっと似たところがあるような気がしています。僭越《せんえつ》ながら。

光石　あるでしょ、シンパシーを感じるところ。うまく言えないけど、現場での佇まいとか。自分の世界をちゃんと持っていらして、周りに惑わされない。どんなにバタバタした現場でも、まったく慌てないという印象があります。出番になるとスーッと出てきてパッと演じて、オッケーって言われて。ホント、うらやましい。

役所　ケンちゃんは何型なの？

光石　A型です。僕はもういつもバッタバタ。周りが気になって気になってしょうがない。（笑）

小林　私は三人きょうだいの真ん中で、上が姉で下が弟。役所さんとは、ほったらかされて育った感じが似ているのかもしれない。

光石　でも平気でしょ？　ほったらかされるの。

小林　平気です。むしろ気を使われるほうが、居心地悪いですね。

役所 僕も同じです。あまり気を使われるとかえって、ねえ……。

光石 なんか、いつも静かにしていらして、物音がしたらチラッと目を向けるぐらいで。なんていうのかな、無駄なことをしないんですよね。さらっとして品がいい。バタバタと余計なことをしない。

小林 またまた〜。

役所 小林さんはたしかに、きっと子どもの頃から地に足ついていたんだろうなって感じがするよね。

小林 自分がバタバタしてもどうしようもないことって、たくさんあるじゃないですか。だからもう仕方ないかなって。

光石 でも、まわりがバタバタしていると、一緒にバタバタしたくなりませんか。

小林 ならないです。(笑)

光石 僕なんか、「なになに、交《ま》ぜて〜!」って思うけど。

小林 ははははっ、九州っぽい(笑)。私なりに緊張したりして、いろいろ考えてるんですよっ。役所さんは、普段はもう本当に力が抜けた感じですよね。それが作品になると、とても力強くなるからすごい。

光石 小林さんもそうですよ。おふたりとも、演じる寸前、メイクをしているときなんかでも、平常心でしょう?

小林　平常心って（笑）。まあ、今日の役はこうだからって、ブツブツブツ……北島マヤみたいにはならないですね。

光石　そう。キタキタキターッ！　みたいにはならない。スーッと来て、ひゅうっと役に入る。

役所　うーん、どうかな（笑）。メイクして着替えてその役柄に扮装すると、観念するっていうのはある。もうやんなきゃいけない、と腹を括《くく》るというか。

小林　「観念する」！　自分の役割を果たさねばならぬ、と。

光石　名言！

役所　扮装すると、なんとなく恥ずかしくなくなっちゃうんですよ。

光石　そこが品のよさなんですよね。観念か……なるほど。

小林　役所さんは最近、舞台はやっていらっしゃらないのですか？

役所　もうずいぶんと長い間、やってないですね。翻訳ものではなく、日本の作家のオリジナルをやりたいと思うようになってから、どんどん遠ざかってしまって。やりたい、やりたいとは思っているんですけど。

小林　たしかに。今は再演とか翻訳ものが多いですよね。

役所　でも、みんながやっているのを見ると、いいなあ、やりたいなと思いますよ。やんなきゃいけないなって。

小林　どうですか、ミツケン先輩。
光石　僕はもう、舞台は……。
役所　絶対やらない、って前に言っていたよね。
小林　その割に、一年に一本くらいやってませんか？
光石　いえいえ、そんなにやってないです。
役所　味をしめたね、ケンちゃん。
光石　全然ないです、全然。
小林　でも舞台って独特ですよね。
光石　そう。なんかほら、台本もないところから、みんなでスウェットみたいのを着て集まって。テレビや映画の現場ではまずそんなことはしない。
小林　ないですね。練り上げるって感じではないですもんね。
光石　僕はスウェット姿を見せるのも、ちょっとしっくりこない（笑）。役所さんは舞台で毎日、同じことを一ヵ月間やり続けるというのは平気ですか。
役所　まあ、観念する（笑）。それに、舞台は実は毎日違うから、飽きずにできるっていうか。でも、ずっと舞台をやっていないと、怖くなりますね。それでも、お客さんの反応で、すごく楽になるときもある。それこそ九州は、コメディなんてやったらノリがいいですよ。

小林　たしかに九州の人は陽気。陰気な人があまりいない気がする。

役所　劇場に楽しみに来ている感じですねえ、疑り深い感じがない。なんでも喜んでくれる感じがする。

光石　小難しいのはちょっと、ダメかもしれませんけどね。（笑）

小林　舞台は演じることの原点って感じがします。全身を見られて。

役所　膨大なワンカットだからね。あの緊張感に耐えられるようになれば……。やっぱり、また舞台をやらなきゃいけないな。

光石　また名言！「膨大なワンカット」……メモメモ。

小林　名言集が作れますね（笑）。やっぱり九州男児はチャーミングでした。

自然と話す暮らし

甲斐信枝
本上まなみ

かい・のぶえ

一九三〇年広島県生まれ。故・清水良雄氏に師事し、七〇年に紙芝居『もんしろちょうとからすあげは』でデビュー。以来、数多くの科学絵本を執筆。『雑草のくらし――あき地の五年間』で講談社出版文化賞ほか受賞（写真中央）

ほんじょう・まなみ

一九七五年東京都生まれ、大阪育ち。現在は京都で暮らす。女優としてドラマ、映画、ＣＭに出演するほか番組ナビゲーター、声優としても活動。文筆家の顔ももち、絵本の翻訳なども手がける。著書に『落としぶたと鍋つかみ』（写真左）

チャンバラが大好き

小林　甲斐さんの創作風景に密着したNHKのドキュメンタリー番組（『足元の小宇宙　絵本作家と見つける生命のドラマ』）、すごく面白く拝見しました。

本上　本当に素晴らしかったです。

甲斐　あら、そうですか？　ありがとうございます。

小林　実はあの番組で初めて甲斐さんの絵本とそのお仕事ぶりを拝見したんですが、もうびっくりしました。畑に生えている雑草を描くにしても、「これだ！」という植物を見つけると、何時間も土の上に座って描き続けていらっしゃる。科学絵本というだけあって、観察することがすごく大事なんだと改めて思いました。

甲斐　私は映画や舞台は観ないものですから、おふたりのことは全然存じ上げなくて。本当にごめんなさいね。女優さんとお会いすることなんてないですし、人間と付き合うこともあまりないんですから。

小林　いやいや、そんなことないでしょう。（笑）

甲斐　ホントよ。今日は冥途の土産だわ、って思って。私はテレビといったら、チャンバラしか見ないの。殺し屋が大好きで。

本上　殺し屋⁉

甲斐　殺陣《たて》が好きなんです。今日の型や斬られ方は、もうちょっと工夫すりゃよかったとか、あれじゃあ藤田さんがやりにくかっただろうな、とか。

小林　藤田まことさんですね。『必殺仕事人』だ。

甲斐　だから、今日は殺し屋の日だというと、絶対に見逃さない。ほかは天気予報とニュースがほとんどです。

本上　植物を観察するのに、天気予報は大事ですよね。予報を見て、明日は畑に行けるかどうかとか。

甲斐　雨が降っても行かなきゃならないというときもあるし。今はもうヨタヨタの婆になってしまったけど……。

小林　全然ヨタヨタじゃありませんよ（笑）。甲斐さんは、子どものときから植物を観察するのがお好きだったんですか？

甲斐　子どもの頃は体が弱くて、病気ばっかりしていたの。それでひとり遊びが割と多かったんですよ。特に草遊び。「スベリヒユ」ってご存じないかしら。私は「お肉」と呼んでいたけど、肉質の茎を刻んでままごとにしたり。そういうのが友だちだった。それから、においが好きでした。菜の花とかカラスノエンド

小林　ウとか。魅力がありましたねえ。

甲斐　じゃあ、植物との付き合い方は、子どもの頃と全然変わっていないということですか？

小林　まずあんまり変わっていないです。私は人間のほうが怖かった。子どもから見ると、大人は怖かったですよ。草はおとなしいからね。噛みつきもしないし。

甲斐　犬や猫ではなく、植物がお好きだったのですね。虫とかもお好きでした？

小林　虫はねえ、芋虫とか平気だったんですけど、親が危ないって言って嫌がられました。だけどチョウとかトンボとか……あの、やりませんでした？　赤トンボのおしりを千切って、唐辛子だって売りつけるの。

甲斐　売りつけるんですか⁉　それは、誰に……？

小林　男の子とかに。

甲斐　ああ、お友だちにね。（笑）

小林　赤トンボのおしりって、唐辛子に似てますでしょう。私は子どものときにそういう経験をさせないと、大人になってから残酷になると思うんです。無益な殺生は大人になってしてはいけないから、子どものときにうんとさせとくといいと思いますよ。残酷とはどういうことかを会得しますから。

甲斐　本上さんは、そんな遊びはされました？　トンボのおしりを千切るとか……。

甲斐 そりゃあしないわよねえ？

本上 千切ってました。

小林 ええ――っ！（と、のけ反る） ホントですか⁉

本上 トンボの羽をもいだり、アリの足を引っ張って抜いたり、水にダンゴムシを浮かべてみたり。カタツムリを瓶にいっぱい溜めてそのまま放っておくとか。さんざんやりました。

小林 ワイルド！ 本上さんはどちらでお育ちになったのですか？

本上 三歳まで東京で、そこからはずっと大阪の千里で過ごしました。近所に竹やぶがあったり、草っ原や田んぼも残っていたので、毎日ザリガニ釣りに行ってました。

小林 男のごきょうだいは？

本上 いえ、四歳下に妹がいます。どこへ行くにも「連れて行きなさい」と言われて。竹やぶを上ったり下りたりするのに足手まといになるんですけど、しょうがないから横に付けて遊んでいました。

小林 ワイルドな遊びの手引きをしたのは誰だったんですか？

本上 誰というわけでもなくて、幼稚園くらいの頃からみんなやっていましたよ。

小林 ホントですか⁉

本上　うちの母もそういう感じで、カエルをつかまえておしりに何か差し込んで……。

甲斐　麦わらを差して吹くのよね。そうすると、おなかが膨らんで破裂しちゃう。

本上　あとカエルの皮をむいてみたり。私じゃなくて、母が。

小林　へえ。お母様が。スゴイ……。

甲斐　昔はトンボもね、シオカラっていっぱいいたし、一番の宝は……。

本上　ギンヤンマ！

甲斐　そう。あとオニヤンマね。

本上　嚙まれると痛いんです。

甲斐　よくご存じ。親のお裁縫箱から糸をとってきて、オニヤンマのおしりにしっかり結んで、凧のように飛ばすの。糸の長さいっぱいになると、きゅーっとたぐりよせて。楽しいですよね。

小林　日本の昔話では、そういう絵を見たことがありますが……。

本上　トンボの凧はやりませんでしたけど、虫を捕まえに行くのが好きでしたね。

甲斐　えらい。私は男の子に捕まえさせちゃう。でも、そういう方が大人になって女優さんになられるとは。

本上　絵本も好きでした。甲斐さんが描かれるような植物だったり、虫や鳥だったり。自分が体験していることが絵本のなかに描いてあるのも楽しかったですし、知らないことを探しに行くのも楽しかったですね。

甲斐 ああ、それはわかります。

観察に最低一年、描くのに半年

小林 甲斐さんはいつから絵を描き始めたのですか？

甲斐 絵は子どものときから好きだったし、コンクールで入賞するくらい、クラスでもダントツでうまかった。だから女学校の先生が、絶対に美術学校に行けって。それから国語がよくできたので、国語の先生は絶対に文学のほうに進めと。ところが私はなんにもする気がなかったんです。怠け者で。

小林 そんなことはないでしょう。

甲斐 三〇歳になってもね、結婚するとかしないとか考えたこともなかったけど、これじゃあ飯が食えないから嫁にでも行くかと思ったら、時すでに遅し。

本上・小林 （笑）

甲斐 それで仕方がないから、まず勤めたの。東京の慶應義塾大学医学部の精神科で教授の秘書をして、教授からも重宝されました。でも結局のところ、明日から交代がきく仕事なんです。そういう仕事はいやだ、って思ったんですよ。

小林　怠け者はそんなこと考えませんよ。

甲斐　それには理由があるんです。自分で仕事をもたないと、モノが見えなくなる。これは困るなって。それで秘書を辞めて、じゃあ何をやるか。そこで、アルバイトをしながら童画の先生についたんです。それが三二、三三歳の頃。

小林　ええ。

甲斐　でもちっともうまくならない。先生からは、「うちに来て四、五年経つのに困るよ」って言われました。たまたま手元に描きためてあった植物のスケッチを先生に見ていただいたら「うまい」と言ってくださって。四〇歳のときに、童心社で絵を使ってもらい、その時の編集長から「あなたの質は福音館向きだと思う」と福音館書店を紹介されて『ざっそう』という絵本を出しました。それから四十数年、あっという間でしたよ。

本上　担当編集の方は、甲斐さんが描く現場に来られるんですか？

甲斐　来ます、来ます。

本上　へえ！　そうなんですか。

甲斐　一緒に取材をしますよ。「甲斐さんが何を見ているか知っておかないと編集ができない」と。だからぴたーっと一日中。二ヵ月に一回とか。

本上　一作の絵本を描き上げるのに、立ち上げからどれくらいかかるんですか？

甲斐　私は絵本を作るとき、まず自分の目で対象物を観察し、対象物から教わった知識をもとに専門家の指導を仰ぐようにしています。先に知識を得ていると驚きがなくなってしまうので、観察より先に本は絶対に読まない。それで二〇一五年に出した『稲と日本人』の場合は、取材や観察に一五、一六年かかった。とにかく植物の観察には最低一年、そして描くのに半年かかります。

小林　それはすごいですね。ところで本上さんは京都に居を移されて、どれくらいになりますか？

本上　東京から移って五年目です。

小林　どうですか？　京都の暮らしは。

本上　すっごくいいです！

小林　ですよねえ。でも、なぜ京都へ引っ越しを？

本上　一番大きかったのは、子どもをどこで育てたいか、ということでした。自分も夫も自然のなかを走り回ったり、草の上でごろごろ転がって育ったんですけど、東京でそれをするには、ちょっと一段、頑張らないとならなくて。自分がしていたようなことを子どもがやっているのを見て、追体験したかったのかなと思います。

小林　追体験したくなるくらい素敵な幼少時代だった、ということですよね。いいですねー。

本上　うちの母の実家が山形の庄内というところで、長期休みになると送り込まれたんです。自然がまわりにいっぱいあって、そこで遊ぶのが好きでした。

甲斐　人は自分の体験を出ることはできないものですね。

本上　京都に来て、比叡山や大文字をすぐ目の前に見られるんですよ。山の色がだんだん変わっていって、日が沈む頃には真っ赤になるのを毎日のように目の当りにできる。それから鴨川には欅《けやき》の大木がずんずん生えていて、葉っぱが落ちるときにすごい音がするんです。ざわざわざわざわと、恐ろしいくらいの音を立てて葉っぱが落ちてくる。これはいいなあ、と。

小林　素晴らしいですね。

本上　子どもの頃は当たり前のように過ごしていたけれど、大人になってみると、求めなければなかなか手に入らないような環境で育ったんだなと気がついて。それが一番大きかったのかもしれません。

甲斐　お宅は、一軒家？

本上　はい。すごく古いんですよ。

甲斐　築何年くらい？

本上　一階部分は築一〇〇年くらいと言われていて。いちおう手直しはされているも

小林　のの、柱と土壁の間から外が見える。風通しがいい。（笑）

甲斐　それは寒いわね。でもお話を伺っていてすごいなあと思って。きちっと考えてやってらっしゃる。

本上　たぶん、自分が欲していたのだと思うんです。動物的感覚で、子どもを口実に、行ける、行っちゃえ、って。

小林　家族のパワーに動かされることって、ありますよね。私も田舎に暮らしたいと思うのですが、ひとりで田舎か……と思うと、どうしたもんかなと。

本上　お生まれも東京ですよね。

小林　そうなんです。甲斐さん、どこかいいところありませんか。

甲斐　奈良がいい、奈良。『ひがんばな』という絵本を描いたとき奈良に通い詰めましたが、古い文化があって、奈良の人も懐が深いように感じました。

小林　私も奈良はよさそうだなあと思うんですよ。

本上　いいじゃないですか！

甲斐　ただ、排他的だそうですよ。

本上　あれっ。（笑）

相手にリズムを合わさなきゃ

小林　甲斐さんの観察の様子を拝見すると、ニンゲンと植物や虫の次元を自在に行き来なさっている感じがします。

甲斐　そんなことないですよ。習慣的に、あの連中には連中の生き方があるから邪魔しないほうがいいとは思いますけど。

小林　そういうのを感じるというのは、妖怪的な何かが……。

本上　あっははは！

小林　妖怪なんじゃないですか？

甲斐　私？　いやあ、私はきれいさっぱり平面的よ。

小林　あ、妖怪じゃなくて、妖精？

甲斐　妖怪のほうがわかる気がするわね。（笑）

小林　甲斐さんは、時間の経過の仕方を、植物や虫と同じ次元で体験されているように感じたんです。

甲斐　相手を知りたかったら、相手にリズムを合わさなくちゃ。一年草なんてね、一年で一生が終わる。私たちの一生は約九十年。サイクルが全然違うでしょう。

小林 三日見ない間に、向こうはもう何年も生きているわけ。だからものすごく忙しい。もうじき花が咲くかなと思って、行ってみたら咲いた後で、大事なところを見損なってごらんなさいよ。また一年待たなきゃならない。

本上 そうか、常に変化し続けているから。

小林 自然と対峙していると、自分の存在が一回消えるというか、自分が〝目だけ〟になってそのものを見ているように感じることがあるんです。じっと見ていると時間の経つのがわからなくなって、気づいたら太陽が違う位置に来ていたりして。

本上 ここにもいた、妖怪が。（笑）

小林 人間の生活リズムとは全然違う時間の流れがそこにあって、見入ってしまいます。子どもの頃には、「何やってんの！」と引き戻されて、あれ？　しまった！ということがよくありました。

本上 あっちの世界に行っていた、ってことですね。

甲斐 かわいがられたんだ。

小林 だからほかの子とはちょっと違うんだなと、窮屈さがあって。今日甲斐さんのお話を聞いて、大丈夫だ、心強いなと思いました。

甲斐 以前、『ブナの森は生きている』を描いていたときに森林生態学の先生がおっ

小林　しゃいました。森に一週間通わないでいると、木々の言葉が聞こえなくなると。勘が鈍るってみんな言いますね。そうですよねえ、本上さん。

本上　妖怪仲間の。（笑）

甲斐　それを言葉に表すと、「勘」になるんですかね。

小林　だけど植物と結婚するわけにいきませんから。

甲斐　「異類婚姻譚」になってしまう。

人間の世界に帰ってこないと、危ないですよ。人間離れして、人間を否定するようになってしまうといけないから。あちらの世界に行って帰ってくると、人間もよく見えるようになる。それでも、私がやっているのはたかだか四〇年ですから。瞬きですよ、植物の世界からしたら四〇年なんて。

小林　そうですよね……。

甲斐　わかったような気になることもあるけど、正直なところ、さっぱりわかりません。植物は何を考えているかわからないし、反応もしません。でも、だから興味がある。反応されたらつまらないでしょう。人間と同じ発想で生きているならば人間でも間に合うけど、全然わからないのが魅力ですね。

小林　答えがどこにあるかわからない。

甲斐　でも私は植物の恐ろしさは感じますよ。ぞっとするような動き方をしますから。

それは、じいっと写生していないと見えません。一日座り込んで、描かいでか、というふうに思うじゃありませんか。そうすると、みせる。

小林 みせる？

甲斐 動いてみせる。すごく怖かったのはね、葛。あれ、動いちゃって動いちゃってしょうがないの。写生していて、もたもたしてると向きが変わってしまう。それもなんにもないところには向かわないんです。草むらの、草仲間がいるほうへ向きを変える。

本上 へえ！　面白い。どこが動くんですか？

甲斐 全部。植物を描くときのコツは、何かほしがったらダメ。こっちの目が濁っちゃう。何も考えないでじっとしていると、見せてくれるんですよ。でも、いいものをもらいたいと思うと絶対にくれない。

小林 俳優も、そういうふうに演技ができるといいですよね。こう見せようと思ってお芝居するとかえってできなかったり、逆に無意識にやったところがよかったと言われたりすることもあるんです。

甲斐 人間はすごく優秀な生き物だけど、ほかに比べたら獰猛《どうもう》というところがありますよね。植物もそうですけど、生きるためには相手を倒す必然がある。だけど遊びで相手を傷つけたりするのが人間という気がします。遊びが入ると残酷に

本上　なるでしょう。蜂はわが子に餌をやるために、必死になって虫を倒しますよね。無駄がなくてきれいですよ。見惚れます。本上さんがおっしゃるように、相手がざわざわ語ってくれるって、そういうことなんじゃないかな。私は首から上は全然使わない訓練をしようと思っているから。

甲斐　すごいなあ。

小林　なんで？　私、労働者ですもの。肉体労働の商売ですから。

甲斐　俳優も肉体労働ですよね。

小林　それはわかる。

本上　私たちも首から上を使わずにできたら、きっといいんですよ。

甲斐　それはあるかもしれません。

小林　そうなんですか。なにしろ生まれて初めて俳優さんにお会いしたので。

すみません、生まれて初めての俳優が藤田まことさんじゃなくて。いつか甲斐さんに見ていただける時代劇に出なければ。（笑）

動物の命とどうかかわる？

石田ゆり子
中谷百里

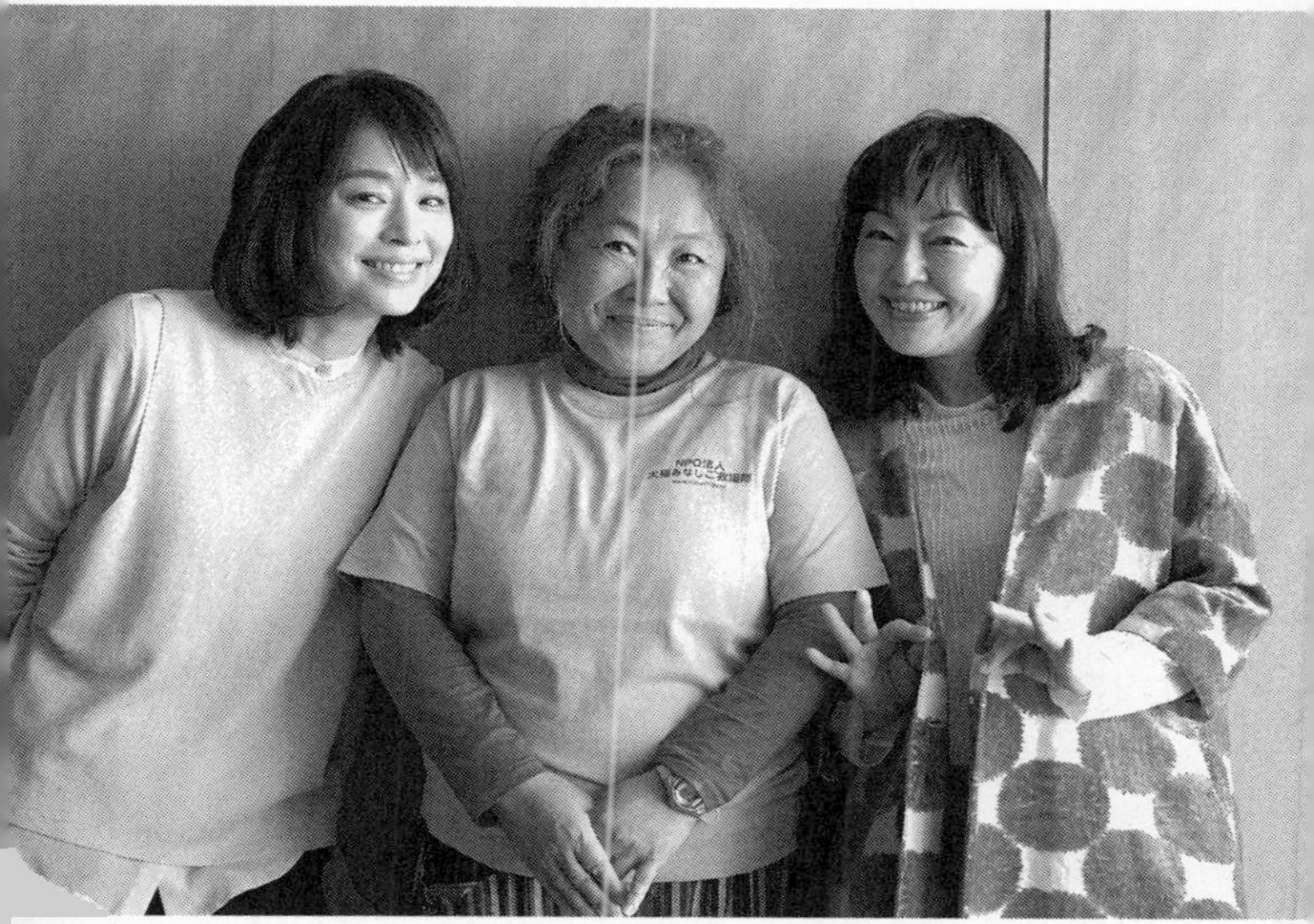

いしだ・ゆりこ

一九六九年東京都出身。八八年にドラマ「海の群星」でデビュー。以後、ドラマ・映画・舞台・舞台・執筆活動など多岐にわたり活躍する。映画「いのちの停車場」が二〇二一年五月公開予定（写真左）

なかたに・ゆり

一九六二年広島県生まれ。高校卒業後、フィリピンパブなどの経営を経て、九五年に「犬猫みなしご救援隊」設立。二〇〇七年に広島県内に「終生飼養ホーム」を建設。現在は広島と栃木で計一四〇〇頭の保護犬・猫と生活（写真中央）

ガスで死なせるのは間違いだと思うから

小林　中谷さんとは、二〇一五年に公開された映画『犬に名前をつける日』の撮影でご一緒させていただきました。

中谷　はい、そうですね。

石田　あの映画は私も拝見しましたが、中谷さんの活動を知ったときは本当にびっくりしました。

小林　映画には、「動物愛護センター」に送られた犬の救出活動をしている二組の団体が出ていて、中谷さんはそのひとつ「犬猫みなしご救援隊」の代表です。

中谷　もともと個人で野良猫の保護活動をしていたんですが、一九九五年に犬猫みなしご救援隊を立ち上げて、〇五年にNPO法人格を取得しました。東日本大震災を機に被災動物の保護活動も始めたので、今は広島と栃木に拠点があります。

小林　広島にある中谷さんの施設「終生飼養ホーム」には、保護された犬猫が一〇〇〇匹以上暮らしているんですよね。あれから二年経ち、施設にいる動物の数は減りましたか？

中谷　全然。

小林　え。じゃあ増えている？

中谷　増えてもいないですね。一三年に広島市、一五年には呉市の「動物愛護センター」から殺処分対象の猫全頭を引き出す活動を始めたのですが、一六年八月からは広島県全体から引き出すことになったので、もちろん頭数は増えました。ですが、みんながみんな一〇年、二〇年と生きるわけではない。引き出した時点ですでに老齢の子も、病気の子もいるのでね。特にセンターに持ち込まれるのは、もともと荒《すさ》んだ生活をしてきた子たち。大事に飼ってきた飼い主さんに「最後は保健所」という選択肢はありませんから。

石田　ありえませんね。

中谷　その選択が「ある」という人に飼われていたわけだから、そもそも大事にされていない。安い餌を食べさせられて、病気になっても治療してもらえない。総じてみんな不健康なんです。

小林　そういう子たちは、性格的にもまったく問題がなかったわけじゃない。

中谷　そういう前歴があるから、センターから出されて命拾いしたからといって、長生きできるわけじゃない。それでもガスを吸わせて殺すのは間違いだと思うから、私たちは活動しています。

小林　映画の撮影で中谷さんの施設に行きましたけど、それはもう壮観でした。一〇

石田　〇〇匹以上が暮らしているので、床一面、まるで猫の絨毯《じゅうたん》みたいな。壁もすべて猫でしたね（笑）。でもみんな、おっとりと落ち着いていて。我が家にはゴールデンレトリバーが一匹、猫が三匹いるんですけど、ひとりで飼うにはもう限界……。どうやったら一〇〇〇匹以上も⁉　と本当に驚きます。

中谷　一三年に広島市の保健所から全頭引き出しを始めたときは、猫が年間一五〇〇匹収容されると聞きました。そんなに保護できるだろうかと思ったけど、一日に一五〇〇匹が来るわけじゃない。徐々にだったら、体を慣らせばなんとかいけるだろうと思って。

小林　すごいですね！

中谷　自信になったのは、東日本大震災で原発事故が起きた二日後に、何のツテもない福島で犬猫を救助したことです。被災地で放置された犬猫のことを考えたら居ても立ってもいられなくて、飛び込んだ。あのときアウェイでできたのだから、地元でできないはずはない。そんな単純な考えで始めて、一年半ぐらいやってみて慣れてきたので、じゃあ隣の市の子も全部引き取らせてもらいましょうと、私が市と交渉したんですよ。でも普通はひとつの団体に一五〇〇匹なんて託しません。もしうちが潰れたら、出した行政の責任も問われることですから。

小林 たしかにそうですよね。

中谷 「私が全頭、面倒見ます」と言っても、「どうぞ」というわけにはいかない。いろいろな実績を持っていって初めて、じゃあ任せてみるかとなるのです。

小林 気迫が伝わるんでしょうね、中谷さんの。

中谷 相手も、このおばさんと戦いたくなかったのでしょう。（笑）

みんな動物を助けたいはずなのに

石田 でも実際、一〇〇〇匹なんてどうやって……。想像もつきません。

中谷 建物全体をそういう造りにしています。

石田 どういう造りなんですか？

中谷 広島では四階建ての施設を建てて、各階に犬と猫の居場所があります。ここでは猫が毛や食べ物を吐いても、爪をといでも、おしっこをしても大丈夫。フローリングだと床に染み込んでにおいが出て大変なことになるでしょう。そうならないように、掃除を完璧にすれば環境を保てる建物を最初から建てるんです。それは、えーっと、なんという言葉だったか……つまり内縁の……。

小林 パートナーですか？（笑）

中谷　あ、パートナーっていうの？　そう、それがね、なんでもできるヤツなんです。

小林　彼ですね。元建設会社の。

中谷　そうそう。電気工事や水道工事、なんでもできる。

小林　大型バスも運転できるし。

中谷　嚙みつき犬にも触れられる、本当に便利な男なんですよ。（笑）

石田　それにしても私は、映画を見たときから、こんな女性がいるんだ～とずっと思ってきたので、お会いするのが本当に楽しみでした。

小林　動物に幸せになってほしい、何かやりたいと思うけどどうしたらいいのかよくわからない。それを豪快に実現する人がいた、という感じですよね。

中谷　だって、おふたりは女優でしょう？　私はこれが本職だから。

小林　「本職にした」のですよね。

石田　私は一六年の秋頃からインスタグラムというのを利用して、インターネットに写真の投稿を始めたんです。そこにうちの猫たちの写真を載せているうちに、徐々に動物愛護的な方向に向かっていったというか……。

小林　ほう？

石田　犬や猫が好きな人たちとつながりができるにつれ、「どこそこで捨て猫が死にそうだ」とか「保健所から引っ張り出さないと明日殺される」という知らせが舞い込んでくるようになって。情報が目に留まると、できるだけそれを拡散するのですが、ひとりではできることに限界があるし、仕事柄、難しいところも正直あります。

中谷 私はそんなのは全部シャットアウトします。そういう人は言ってくるだけで、自分では何もしやしない。「かわいそうな子がおるんやったら、連れて帰って一晩でも二晩でも面倒見てくれるか。そしたら私が三日後に引き取りに行ってあげるから」と言っても、「それは無理。私の家はペット不可なので」とくる。

小林 じゃあ、あんたは何するの？　と。

中谷 なるほど、そうですよね。

小林 「動物愛護団体なのに助けないのか」とも言われます。でも、うちが日本全国の犬や猫を助けて回っていたら、潰れるじゃないか。私はそうはっきり言います。

中谷 きれいごとじゃないですからね。

小林 うちは一日中、電話が鳴りっぱなしで、その九割が「どこそこにかわいそうな子がいるから引き取りに行ってくれ」という内容。中にはご親切な人がいて、写真まで送ってくる。

中谷 そういうのを見てしまったらねえ……。

中谷　やっぱり顔を見てしまうとかわいそうになって、こちらが苦しくなる。だからSNSはなるべくやりたくないのです。仕事で必要だから、ブログやフェイスブックはちょこっとやりますが、そこでもコメントを寄せてくる人同士が、勝手にケンカ始めたりしてね。

石田　そう……。結局、人間が問題になるのです。みんな動物を助けたいはずなのに、最後には人間のエゴの戦いになる。それがすごく不思議で。「あれ？　問題がすり替わっている？」と思うことが多々あります。

中谷　だから私は聡美さんと仲良くしてもらっていますが、「彼女は動物が好きなんですよ」なんて公表したくない。言うと、そういう面倒が起こりかねない。

小林　すみません、お気遣いいただいて。

自分の立場でなにができるのか

石田　中谷さんにとって、芸能人が動物愛護の活動をするのは、やめてほしいという感じですか？

中谷　いいえ、そうは思いません。ただ、その方たちが苦しむだけだと思うから、すでにやっているのだったら「どうぞ」と言うけど、今からやろうという人には

「やめたほうがいい」と言います。

小林　石田さんは、もうちょっと何かやりたいんですか？

石田　正直、私はやりたいのです。ただ、自分の立場で何ができるのかがわからなくて、今日はそれを伺いたいと。やっぱり、無責任な飼い主とかペットショップの問題は、法律を変えないとどうにもならないことなんですか？

中谷　動物愛護に関する法律は三年前に変わりました。たとえば、飼養施設に糞の堆積があってはいけない、夜八時以降はペットの販売をしてはいけない、とか。でも、かいくぐっていく人はいますから。結局、法律で扱われる動物の命は、人間以上の重さにはならないんですよ。

石田　中谷さんのような人がいてくださるからとみんなが甘えて、「自分は自分のペットだけかわいがっていればいい」という考えだと、何も変わらないですよね。

中谷　そんなことはありません。自分の子だけでもかわいがってくれれば、捨てられる子も減る。そもそも、自分の子をかわいがらない人がたくさんいるんですから。

石田　甘いと思われるでしょうけど、一人ひとりが意識を持てば、社会は変わるんじゃないかと。そのために、私に何ができるのか……。

中谷　女優さんにはファンクラブとかあるんですか？

石田・小林　（声を揃えて）うちはないです。

中谷　ああ、そうですか。（笑）

石田　ミュージシャンと違って、俳優は、ファンクラブがあまり必要ないというか……。

中谷　ファンクラブの会員なら固まってくれるのかな、と。崩れない組織があるといいのです。たとえばうちは昨年、一般の人たちから一億円以上の支援金をいただいて、それでこんな生意気な活動ができている。それも一人が何千万円出したわけじゃなくて、一人ひとりは一〇〇〇円とか三〇〇〇円という金額なんですよ。そういうお金が毎日毎日、振り込まれてくる。その人たちが、まあまあ固まってくれているんです。

石田　支援している方は何人くらいおられるんですか？

中谷　一万人から一万五〇〇〇人くらい。ある程度の変動はありますが、半数ぐらいは変わりません。私はプライドが高いので、「何かをしたいから支援してください」というのは嫌なんです。私たちにやってもらいたいという人が、お金を出してくれればいいかなと。私、若いときは水商売で自分のお店をやっていたんですけど、そのときから生意気だった。お客さまは全然神様じゃなかったですから。「お前が勝手に来たんだろ」と思っていて。

小林　あはは（笑）、たしかに。そのプライドがいいのでしょうね。信用できるというか。

石田　素敵ですもん。

中谷　今日、明日食っていくのは苦しくても、プライド持っていたらあとあと楽になる。女優さんに言うのもナンですが、安売りしちゃいけません。（笑）

犬を飼うのは本当に大変

石田　私は今までずっと、犬猫の殺処分という現実がただただつらくて、目をそらしてきたんです。でも、聡美さんと中谷さんが出られたあの映画を見て、すごく思ったんですよね。目をつむっているにも限界がある。私はガス室に入って死んでいく子たちを見るのは絶対に嫌ですけど、それが現実ならば、何かしなければいけないと。

小林　わかります。

石田　人間の子どもを虐待したら犯罪になるのに、動物を捨てても罪に問われず、平然と出世できてしまうという社会は、どう考えてもおかしい。そういう歪んだモラルがまかり通っていて、臭いものには蓋をするような社会、それが気持ち

小林　悪くて。私は四七歳という年になり、もういい加減、立ち上がりたいと思っているんです。

小林　子どものときから、命を粗末にしちゃいけないとか、動物は最後まで面倒見なくてはいけないということを親が教えていかないと。まあ、親でもわかっていない人がいるのが問題なのですが……。

石田　本当に、モラルの問題なのだと思います。私は動物がいないと生きていけないくらい動物が好きで、子どものときから鳥とか魚とか、必ず何か飼っていました。犬と猫を飼えるようになったのは高校生以降。それから猫は必ずいて、犬はここ、一五年くらいですね。

小林　私もまた犬を飼おうかなと思って、映画でご一緒したもう一つの保護団体「ちばわん」に行ったんです。でも、探している最中に右膝を痛めて、歩くのがすごくつらくなってしまったんですよ。私はひとりで暮らしているので、飼っているときにもしこういう状況になったら、犬の面倒は見切れないなと思って……。

中谷　断念しました？　正解です。

小林　非常時に連れて行けるのは、今飼っている猫で精一杯かなと思って、諦めました。

中谷　犬は飼うのが本当に大変なので、そこをわかって飼わないといけません。うちは今、広島と栃木の施設を合わせたら全部で一四〇〇〇匹いるのですが、そのうち犬は二〇〇匹。でも、猫一二〇〇～一三〇〇匹の世話と犬二〇〇匹の世話はイコールなんです。猫はケンカをしないので大皿でパーティができるけど、犬はできない。

石田　猫はみんなで一緒にごはんを食べさせることが可能ですね。

中谷　はい。でも犬は揉めるから、この子とあの子を離してとかね。その点、猫は生活環境をきれいに整えてあげさえすれば勝手に生きられるので楽。自分の都合で寄って来て、自分の都合で逃げて行くから。でも、犬みたいに玄関先でじっと見つめられたら……。

小林　出かけられないですよね～。

中谷　夜に疲れて帰ってきても、犬は「母ちゃん、おかえりおかえりー！」って飛びついてくる。ちょっとゆっくりさせてくれー、と。

石田　私も三日にいっぺんくらいは、ハァー……と溜め息をつきます。見ているんですよ、私のことを、ずーっと。「見ないで！」って言ったことあります。（笑）

小林　しかも、犬は最初からこちらの言うことは聞かないですからね。五歳すぎてようやく分別がついてきたかな、って感じで。

中谷　優雅にお散歩なんて、どこの話？　と思いますよ。
小林　そう！　カフェに連れて行って待たせるとかね。
中谷　だって人間の私でさえ、ちょっと世間に出られるようになるまでに一九年くらいかかったのよ。
小林　あははは（笑）。やっぱり犬を飼うなら、五年は頑張らないと。

命はお金で動かしちゃダメ

中谷　犬の飼育には安易に手を出しちゃダメです。でも、じゃあ猫はいいのかというと、今の猫ブームも、私にとっては嫌だし迷惑。野良猫は命がけで生きているのに、のんびりした写真集なんて出すなよ、と。私たちは月に一度、栃木と広島で不妊手術をやっていて、さらに全国を順番に回っています。年に五〇〇〇匹くらい、野良猫の手術をしていますよ。こういう苦労を知っているのかと。
小林　殺処分ゼロは、今のところ全国でも広島だけなんですか？
中谷　県全体でやっているのは広島だけですね。でも、処分しなけりゃいいのかと言われると、難しい問題。たとえば一生、散歩にも行かせてもらえず、暑い日も寒い日も庭の軒先につながれて、苔むした水を飲まされて……。それで幸せな

石田　のかと考えると、単純に殺さなければいいというだけでもない。
中谷　そういう飼い主から犬を引き離す術《すべ》はないんですか？
石田　ないんですよ。犬は所有物なので、窃盗になる。
何年か前に、「持ち主から引き離したい！」と思わされる経験をしました。ウチの近所にオウムとか爬虫類とか、少し特殊なペットを売っているお店があったんです。その前はバス通りで、バスが停まると排気ガスがかかる位置に、鳥籠が置いてあった。
中谷　かわいそうに……。
石田　その中に、真っ白いオウムがいて、ダイちゃんという名前もついていました。でも、いつ見ても止まり木がなくて、籠のなかでずっと横向きに止まっている。私、見かねてお店に行きました。「いつも見てますけど、止まり木がないですよね」と言うと、店のおじさんが、「くちばしで切っちゃうんだよ」。たまたま今はないだけだ、と。それでいったん帰ったのですが、やっぱり気になって、自分で止まり木を買って持っていきました。それでも一週間後にはなくなってしまう。その繰り返しだったんです。
小林　ひどいですね。
石田　結局、そのお店は潰れてしまいました。ダイちゃんはどうしているのか、今でも気になって仕方なくて。オウムは五〇年、六〇年生きるといいますから……。いっそ買えばよかったのかな、でもやっぱり飼えなかっただろうと、いろいろな思いがめぐってしまう。

中谷　私もそんなことをずっと繰り返してきたんですよ。いっぱい見殺しにしてきて、今日がある。そしていまだに「かわいそうな子がいるから来てください」と言われても断るケースが多い。

石田　人間には腹が立っても、ペットショップで売られている動物は悪くない。じゃあこの子たちはどうなると思っても、どうしたらよいのやら。

中谷　おそらく答えは出ませんよ。ただ、命はお金で動かしちゃダメ。それが私の考えです。

石田　SNSは情報を拡散できることが強みです。最近も、生後四ヵ月のゴールデンレトリバーが雪のなかで迷子になったという情報があって。それを拡散したところ、優しい方によって保護されました。こういうことのためにSNSはあるのかな。でもそれだけじゃなくて、私も何か社会に働きかけたい。

中谷　じゃあ、学校へ講演に行きましょうよ。私は小、中、高校に呼ばれて年に何回か授業をします。子どもたちの心には女優さんの言葉が響きますよ、このおばちゃんが言うより。

小林 いやいや、このおばちゃんの言葉は、けっこう効くと思いますが。（笑）

中谷 じゃあ、このおばちゃんがバーンと言って、横できれいな女優さんがうなずいてくれたら、うまくまとまるんじゃない？

小林 すごくいいと思います。

中谷 私は若い頃とんでもない不良だったたんですけど、教育は大事だなと思うようになりました。今でもとんでもないんですけど。

小林 あはは。でもきっと、普通だったら躊躇《ちゅうちょ》してしまうようなことも、とんでもなかったからできたのですよ。

中谷 不良でも動物には優しかったですよ。車なんか壊してもなんとも思わなかったけどね（笑）。生き物はいじめちゃいけないという教えが、小さい頃から私のなかにあったんでねえ。石田さんが何かやるなら教育がいいかなと思います。

石田 たしかに、いいかもしれない。

中谷 小さい頃に聞いた話って、覚えているものですから。

小林 話を聞いた子どもたちがそれをまわりの五人に話せば、それだけ広がることになりますよね。

おわりに

人生すべて受け身でここまで生きてきた私にとって、鼎談の女主人をつとめることは、いきなり知らない森のトレッキングガイドをまかされるような無謀なミッションでした。おまけに友人知人のとても少ない私には、一八×二＝三六人ものゲストをお招きするのは至難の業で、連載存続の危機が訪れるのは時間の問題と思われました。

ではなぜそんな無謀な山を登り始めたのか。それは、私の受け身気質に対するささやかな革新運動であったのかもしれません。苦手なことにあえて飛び込んでみよう。ただでさえ人とお会いする機会の少ない私、いろんな方のお話を聞かせていただこう。あの方には是非お会いしたい！　そんな私の都合のいい思惑も知らずこのようなやけっぱちな企画に巻き込まれてくださった三六人のゲストの皆様にはただただ感謝の言葉しかありません。

あらためて読み返してみますと、何気ない自分の発言に、はっとさせられることも。こんなこと言ったっけ？　まったく記憶にない。なんという無責任。しかも時々ごく稀にいいことも言っている。「自分を褒める」なんて、その時はそう思っていたけれど、最近はすっかり忘れていました。そしてなにより、ゲストのかたがたの、私の中にはない視点で物事を捉えぽつりとこぼされた言葉には、文字どおり目から鱗《うろこ》が落ちました。自分の無知や視野の狭さや常識にとらわれて縮こまっていた部分に気づかされました。時にひたすら感心し、時に一緒に共感し、時に励まされ、時にお会いできるだけでも嬉しい。お目にかかったことのある方、初めてお会いする方、毎回期待と緊張でぱんぱんでした。そして帰り道は、いつも女主人としての至らなさを反省しつつも、素敵なかたがたと過ごした時間の余韻をしみじみと味わうのでした。

無謀な山登りは遭難や滑落をギリギリで逃れ、なんとか下山することができました。登る前と後とでは、自分の中で何が変わったのでしょうか。初回のくるくるパーマなヘアスタイルから最後は自分史上稀なロン毛になっていたとかそういうのでなく。目には見えないけれど、きっとどこかの筋肉は鍛えられたのではないかと信じたいものです。

とりとめのない会話の運びを、いつも読みやすい形に構成してくださったライターの塩坂佳子さん、篠藤ゆりさん、人脈の乏しい私のせいで毎回ゲストをお呼びするのに苦労をおかけした編集の久保友美子さん、カメラマンの関めぐみさん、馬場わかなさん、安彦幸枝さん、ヘアメイク北一騎さん、千葉万理子さん、遠山美和子さん、スタイリスト藤谷のりこさん、素敵な装幀をしてくださった大島依提亜《いであ》さん、そしてゲストにおいでいただきましたおひとりおひとりに心から感謝を申し上げます。
最後にこの本をお手にとってくださったあなたにも。
ありがとうございました。みなさんお元気で！

二〇一七年八月

小林聡美

文庫版あとがき

『ていだん』の元となる連載が始まったのが五年ほど前。その第一回目、井上陽水さんと川上未映子さんとの鼎談で、奇《く》しくも一〇年後の私たちについてワイワイ語り合っていました。それまでも地震だ、台風だ、大雨だと私たちを慎重にさせる出来事は起きていましたが、まさか、というか、やっぱり、というか、一〇年後への未来半ばで、人智の簡単に及ばない新型ウイルスの猛威に私たちは直面したのです。

私たちはこれまでのように、気軽に集まれなくなりました。不要不急の外出は控え、家に籠《こも》ることが推奨され、やたらと手指を消毒し、顔の半分は人前にさらすことがなくなりました。もちろん人に触ることなんてご法度《はっと》です。なんだかSF映画みたいな世の中になってしまいました。

そんな今、この本を開いてみると、なんの不安も疑いも持たずに、むき出しの顔で堂々と三人で向き合い、ツバキを飛ばしながら、ああでもないこうでもない、と語り合った時間がまるで宝物のごとく輝いて感じられます。写真もみんないいお顔。五年前だから、みんな微妙にお若くて、それもまた余計輝いて見えるのかもしれませんね

（失敬）。

単行本のあとがきにもあるように、お目にかかったのは、どなたも、憧れの先輩だったり、尊敬してやまない方だったり、元気でおられるのか気になるような大好きな方ばかり。あらためて読み返してみると、そんな方々からまた新たにお話を伺ったような新鮮な気持ちになって、大いに共感したり、驚いたり、声を出して笑ったりしました。そして、どこか懐かしい温かい気持ちもわいてくるのでした。みなさんお元気でお過ごしでしょうか。その節はありがとうございました。

今思うことは、そのうち、人とまた普通に、会って喋って大声で笑って、肩を叩いたり、抱きしめたり、その他もろもろ、今してはいけないことを思いっきりやってやりたい、ということです。

「一〇年後の私たち」には、まだ半分あります。当時、今のこの世の中の状況が予想できなかったように、これからの五年後も予想できません。でも、きっと今とはまた違った世の中になっていることでしょう。「いやー、あの二年間はすごかったね」としみじみ話せるようになっているかもしれませんし、また何か新たな挑戦をつきつけられるかもしれません。その頃私も還暦を過ぎる予定になっています。『ていだん』の一〇年後、私たちは今より少しでも、賢く、強く、そして優しく生きていることを願って。

みなさんどうぞお元気で！

文庫本になるにあたって、編集の三浦由香子さん、新たに装丁をしてくださった大島依提亜さんの御尽力に感謝申し上げます。

二〇二一年一月

小林聡美

構成　塩坂佳子、篠藤ゆり（二三七〜二五三ページ）
撮影　関めぐみ、馬場わかな（七九、一一三ページ）
　　　安彦幸枝（二三七ページ）
本文デザイン　大島依提亜

初出
『婦人公論』二〇一五年九月八日号〜一七年二月二八日号掲載
「小林聡美のいいじゃないの三人ならば」
単行本
『ていだん』二〇一七年一〇月　中央公論新社刊
本文中の内容は記事掲載当時のものです。

中公文庫

ていだん

2021年3月25日　初版発行

著　者　小《こ》林《ばやし》　聡《さと》美《み》

発行者　松田陽三

発行所　中央公論新社
〒100-8152　東京都千代田区大手町1-7-1
電話　販売　03-5299-1730　編集　03-5299-1890
URL http://www.chuko.co.jp/

DTP　嵐下英治
印　刷　三晃印刷
製　本　小泉製本

Published by CHUOKORON-SHINSHA, INC.
Printed in Japan　ISBN978-4-12-207044-8 C1195

中公文庫既刊より

各書目の下段の数字はISBNコードです。978－4－12が省略してあります。

い-110-2
なにたべた？ 伊藤比呂美＋枝元なほみ往復書簡
伊藤比呂美
枝元なほみ
詩人は二つの家庭を抱え、料理研究家は二人の男の間で揺れながら、どこへ行っても料理をつくっていた。二十年来の親友が交わす、おいしい往復書簡。
205431-8

い-110-4
閉経記
伊藤比呂美
更年期の女性たちは戦っている。老いる体、減らない体重、親の介護、夫の偏屈と。ホルモン補充療法に挑戦、ラテン系エクササイズに熱中する日々を、無頼かつ軽妙に語るエッセイ集。
206419-5

お-63-1
同じ年に生まれて 音楽、文学が僕らをつくった
小澤征爾
大江健三郎
一九三五年に生まれた世界的指揮者とノーベル賞作家。「今のうちにもっと語りあっておきたい――。」この思いが実現し、二〇〇〇年に対談はおこなわれた。
204317-6

き-30-17
捨てきらなくてもいいじゃない？
岸本葉子
思い切ってモノ減らし！でも捨てられない？心と体の変化によりモノに向き合い、ポスト・ミニマリズムの立場から持ちつつも小さく暮らせるスタイルを提案。
206797-4

さ-18-7
男の背中、女のお尻
佐藤愛子
田辺聖子
女の浮気に男の嫉妬、人のかわいげなどを自在に語り合い、男の本質、女の本音を鋭く突いた抱腹絶倒の対談集。中山あい子、野坂昭如との鼎談も収録する。
206573-4

さ-61-1
わたしの献立日記
沢村貞子
女優業がどんなに忙しいときも台所に立ちつづけた著者が、日々の食卓の参考にとつけはじめた献立日記。工夫と知恵、こだわりにあふれた料理用虎の巻。〈解説〉平松洋子
205690-9

や-65-2
愛してるよ、愛してるぜ
山田詠美
安部譲二
アウトロー街道を突っ走る二人の作家が、読者の悩みに答えながら、自らの山あり谷ありの人生模様を語る爆笑対談！『人生相談劇場』改題。〈解説〉宇垣美里
206875-9